出售妈妈的商店

[日] 北川千代——著
赵 鑫——译

苏州新闻出版集团
古吴轩出版社

图书在版编目（CIP）数据

出售妈妈的商店 /（日）北川千代著；赵鑫译. -- 苏州：古吴轩出版社，2021.7（2024.5重印）
（世界少年经典文学书屋）
ISBN 978-7-5546-1769-4

Ⅰ.①出… Ⅱ.①北… ②赵… Ⅲ.①儿童小说 - 短篇小说 - 小说集 - 日本 - 现代 Ⅳ.①I313.84

中国版本图书馆CIP数据核字(2021)第122426号

责任编辑：胡敏韬
见习编辑：羊丹萍
策　　划：沈　鹏
插　　图：徐尔谦
封面设计：张易凡

书　　名：	出售妈妈的商店
著　　者：	[日]北川千代
译　　者：	赵　鑫
出版发行：	苏州新闻出版集团
	古吴轩出版社
	地址：苏州市八达街118号苏州新闻大厦30F
	电话：0512-65233679　　邮编：215123
出 版 人：	王乐飞
印　　刷：	溧阳市金宇包装印刷有限公司
开　　本：	880mm×1240mm　1/32
印　　张：	7.5
字　　数：	138千字
版　　次：	2021年7月第1版
印　　次：	2024年5月第5次印刷
书　　号：	ISBN978-7-5546-1769-4
定　　价：	42.80元

如有印装质量问题，请与印刷厂联系．0512-66619266

致所有在征途上披荆斩棘的少年！

北川千代

北川千代与丈夫高野松太郎

目 录

出售妈妈的商店 ·········· 001

我也有妈妈了 ·········· 013

爸爸的工作 ·········· 025

小菊的正义 ·········· 037

窗口的灯光 ·········· 051

"四叶草"事件 ·········· 063

菊花车站 ·········· 071

守护名字 ·········· 079

小木屋里的圣诞老人 ·········· 091

妈妈的旅行 ………… 101

彩线草鞋 ………… 109

暑假日记 ………… 129

红色泳衣 ………… 143

杏子的浪漫故事 ………… 155

坏星星下的孩子 ………… 167

夜半流浪 ………… 181

幸福的小姑妈 ………… 203

美丽的大地 ………… 213

出售妈妈的商店

一

奶奶让郁三去帮她买东西。郁三走在路上,突然一块醒目的招牌映入她的眼帘,上面写着:

特价大酬宾

如果您没有妈妈,如果您想要妈妈,那么欢迎您的光临!

我们有最高级的妈妈!

妈妈屋

郁三没有父母,她马上就被吸引住,不由自主地停了下来。透过玻璃,郁三朝店里偷看。货架上待售的"妈妈"们就像玩偶店里的玩偶一样排成了一排。

店里已经来了好几位客人。

一位客人问掌柜①："我的妈妈去世了，我要买一个长得像我妈妈的……再当一回孩子。有没有六十岁左右的'妈妈'呀？"掌柜回答："哎呀，客人，非常抱歉。我们店里最大的'妈妈'也只有四十五岁。因为我们是专门为小孩子提供服务的。不过如果您订购，我们可以为您特殊定制。"客人问："那几天能做好呢？"店员说："嗯……估计需要十五年。"那个客人大吃一惊，说道："十五年？等到十五年以后，我都六十岁了。那我到时候再来吧。"那个客人说完就走了。

在里面靠近收银台的地方，还有一位客人刚刚付好了钱，准备领着"妈妈"走了。掌柜说："那收您五百日元②。好孩子，回家吧，这就是你的'妈妈'啦。"说完，掌柜还礼貌地送小顾客出门。孩子开开心心地牵着妈妈的手回去了。

郁三站在玻璃门外看着，心想："五百日元……太贵了！这么贵，我家可买不起。"她眼前马上浮现出奶奶佝偻着身子做针线活儿的样子。奶奶靠给别人做手工活儿才勉强能让郁三上学。对于郁三来说，凑齐五百日元简直比

---

① 掌柜，商店里代替店主全权处理店里一切事物的人。需要做过学徒、二掌柜，才能成为掌柜。
② 日元（日语写作"円"），1871年制定的日本官方货币，次一级的币值单位为"钱"，一日元＝一百钱。银币和铜币等主要以钱为单位。

出售妈妈的商店

登天还要难。她偷偷摸了摸腰带口袋里靠奶奶缝衣服收来的小银币，不禁深深地叹了一口气："唉，就这点银币，就算有一百日元，还是买不起啊。"

郁三忍不住在心底默默幻想着："如果我有妈妈该多好啊！如果我有妈妈，奶奶就不用每天起早贪黑地干活了；如果我有妈妈，下雨的日子，妈妈就会撑着伞来接我放学了；如果我有妈妈，抢阵地①时被拽掉的扣子，妈妈就会帮我缝了；如果我有妈妈，妈妈就会给我做丰盛的便当了……"

郁三在心里继续嘀咕道："虽然现在奶奶什么都帮我做，但是毕竟奶奶年纪大了。如果我有妈妈，那该有多好啊！"她站在店门口久久不愿离开，痴痴地望着里面的"妈妈"们。

这时送客人出门的掌柜注意到了她，掌柜走到她的身边问道："小妹妹，你也是来买'妈妈'的吧？"郁三一惊，连忙害羞地摇摇头。掌柜又问："不是吗？那你一定有妈妈吧。"郁三再一次紧闭双唇，伤心地摇了摇头。掌柜见状马上推荐道："要是你没有妈妈，那你可一定要买我家的'妈妈'。我家的'妈妈'们可全都是宠孩子的好妈妈！"

---

① 抢阵地，儿童游戏的一种。分成两组，定好阵地，互相夺取对方的阵地或将对方俘虏。

"可是……我没钱。"郁三终于开了口,说完她突然眼眶一热,滚烫的泪水夺眶而出。掌柜赶忙安慰她说:"好孩子,别哭。那你先回家好好跟家人商量一下吧。我们家既有贵的'妈妈',也有便宜的'妈妈'啊,不会让你买不起的。虽然最贵的'妈妈'要一万日元,但她不过就是仪器比较精密,长得漂亮,穿的和服很精美而已。最便宜的'妈妈'只要五十日元哦,我觉得她反而更结实、更实用呢!"

郁三大吃一惊,赶忙问道:"你们卖的'妈妈'难道不是人吗?"

"哈哈哈,当然不是人啦。但你买回家之后,她就马上会变成真的人。而且不管是哪个'妈妈',都绝不会打骂孩子。因为这些'妈妈'们本来就是为了孩子们做出来的嘛。所以,她们比真人还要……"掌柜骄傲地说着,但还没等她说完,就有一辆高档轿车威风地停在了店门口,掌柜赶忙迎上前去。

郁三心想:"又是来买'妈妈'的人。"她羡慕地回头看去,有个小男孩从轿车上开心地跳了下来,原来是同年级的耀夫。耀夫的爸爸衣着考究,耀夫拉着爸爸的手,蹦蹦跳跳地走进店里。进去后,耀夫颐指气使地大声说:"我要最高级、最漂亮的'妈妈'!"

这句话是如此刺耳,狠狠地刺痛了郁三脆弱的心!

她再也听不下去了,紧紧地捂住双耳,从店门口落荒而逃,一路飞奔回家。眼泪像晶莹的珠子一样,一颗颗地从郁三的大眼睛里滚落下来。她一边哭一边嘟囔着:"原来只要有钱……只要有钱,连'妈妈'都能买啊。"

二

回到家,郁三就一直坐在那想心事,一声也不吭。奶奶看到她这样,担心地问:"小郁啊,你是不是肚子疼啊?"郁三摇摇头说:"不疼。"奶奶又问:"那你是跟朋友吵架了吗?"郁三说:"没有啦。奶奶,我只是想要妈妈。"

奶奶心疼地把郁三搂在怀里:"你刚才在街上看到朋友跟他们的妈妈在一起了吧?唉,我可怜的孩子啊……真可怜呐……"看来奶奶搞错了,郁三忍不住把刚才看到的那家出售妈妈的商店——"妈妈屋"的事,一股脑地告诉了奶奶:"没有,奶奶。我今天在街上看到有卖'妈妈'的店。那个掌柜说只要付五十日元,就能买到很结实的'妈妈'呢。"

奶奶听了点点头:"是吗?那你肯定特别想要了。奶奶年纪大了,不中用了,照顾不好你了,也不知道哪天就不在了。我也常常在想,要是你有一个好妈妈,那该多好啊!可是咱们家这么穷,只有我们两个人相依为命,没人会愿意来跟我们吃苦的。要是真能买到那么好的'妈妈'……孩子，你等等……"

奶奶话还没说完，就闭上眼睛陷入了沉思，好像是在努力地回想几十年前的事。半晌过后，她才开心地抬起头来，双眼满是喜悦的光芒："对，对！我想起来了！我年轻的时候攒了一笔钱，想留到老了以后去参拜一次善光寺①。我记得好像是藏在旧腰带衬②的芯子里了。放在哪里来着，我去找找。我记得好像够你买'妈妈'的钱了！"

奶奶说完，就"嘿哟"一声艰难地站了起来，颤颤巍巍地走进狭小的房间。角落里有一个褪色的藤条箱③，奶奶吃力地弯下腰在里面不停地翻找起来。

郁三真是太激动了，心"扑通扑通"地狂跳。她目不转睛地盯着奶奶，心想："如果真有这笔钱，我就能把'妈妈'买回家了。那我真是要乐得跳起来了！"

奶奶在那"叮叮当当"地足足三十分钟，郁三一直在后面迫不及待地催促着："奶奶，找到了吗？""奶奶，还没找到吗？""奶奶，到底找到没有啊？"她问了快有五十

---

① 善光寺，位于日本长野市元善町。供奉阿弥陀如来。善光寺自古不属于特定宗派，因拥有独特的信仰而受到尊崇，参拜善光寺曾非常流行。
② 腰带衬，女性和服的带子系成鼓状时，为固定形状和防止滑落，在腰带内侧系一块窄幅布，通常还用它包着枕状的内芯。
③ 藤条箱，一般用来收藏衣服的箱子。用竹子或扁柏薄片等交叉编成后，在上面糊上纸、涂上漆制成。原本是用青藤编成的，故以此命名。

遍。终于，奶奶像是找到了，她笑眯眯地回过头来说："小郁，找到啦！你看，就好好地藏在这里呢。我藏得太好了，一下子都想不起来了。哈哈，你眼神好，你来点一点一共有多少吧。"

郁三马上跳过来，麻利地把钱包里的钱全都倒了出来。纸币和银币都混在了一起，她小心地先逐一归类，然后清点起来……终于数完了，一共也就四十五日元二十八钱。郁三失望地抬起头："奶奶，还差四日元七十二钱呢……"

"是吗？不够吗？这可怎么办呐？"奶奶也发起愁来，她想了半天才说，"但是也没别的办法了。剩下的钱可太不好凑了。而且万一到时候好'妈妈'被卖光了可就糟了。不管了，你就先拿着这些钱去店里，把我们家的情况跟掌柜好好说说，让她便宜点卖给你吧。就算脸上有点小毛病什么的也不要紧，只要是温柔亲切的'妈妈'就行。反正先去碰碰运气吧。"

听奶奶这么一说，郁三一刻也不敢耽误，赶快拿着这些钱飞奔去了店里。

三

掌柜听了郁三的话，亲切地说："请您稍等一下。"就退回了里屋，过了一会，她微笑着出来了："我问过东家了，东家说：'那就破例给这位客人打个特价折扣吧！'请您跟我来，从这些'妈妈'里面选一个您喜欢的'妈妈'吧。"

掌柜说完便领着郁三走到店里的一个角落。这里都是五十日元的"妈妈"们，卖得只剩最后七个了。每个"妈妈"看起来都很"结实耐用"，但都长得不漂亮。掌柜一一给郁三介绍："这个'妈妈'针线活儿非常好，这个'妈妈'做菜特别好吃，这个'妈妈'很喜欢洗衣服……不过她们里头可没有会音乐、会跳舞、会化妆的，如果是那种类型的'妈妈'，无论如何都要五百日元以上了。这里的'妈妈'们可都是实用型的。"

郁三想："我选哪个'妈妈'好呢？我家又没钱，最好是能干活、身体也结实的人。最重要的是她一定要温柔，一定要对奶奶好。"她把这些要求告诉了掌柜。

掌柜绞尽脑汁地想了半天，突然一拍脑门，指着最角落里的一个"妈妈"说："对！这个'妈妈'最适合你！虽然这个'妈妈'外表最不好看，但数她最温柔、最亲切了，而且她也最坚强。我一直给来这儿的孩子们推荐这个'妈妈'，但孩子们全都说要漂亮的'妈妈'，没人愿意买她。但其实，'妈妈'光漂亮是没有用的。这个'妈妈'我可以打包票，绝对让你满意！"郁三听后就毅然付钱买了这个"妈妈"，然后就开开心心地领着妈妈回家见奶奶了。

四

郁三买回来的"妈妈"的确长得不漂亮,但果真特别温柔,特别亲切,是个不可多得的好妈妈。妈妈每天悉心地照顾着奶奶,还不知疲倦地一直忙着干活,像个陀螺一样转个不停。奶奶特别满意,满心欢喜地说:"这可比去参拜善光寺强多啦!"

自打妈妈来了这个家,家里不再沉闷,而是充满了欢声笑语。手纺车①上原来结满了蜘蛛网,现在它每天都在妈妈勤快的手下"呼呼呼"地转个不停。

郁三当初买的时候,心里还有些失望。但现在她已经完全不在乎了,每天黏着妈妈撒娇。真是人逢喜事精神爽,郁三现在连走路都是一蹦一跳的,整个人都是喜滋滋的。

但是,郁三有时会在学校碰到耀夫,他总是很不屑地对郁三说:"听说你买的'妈妈'是店里最便宜的。那她根本就不会跳舞这些吧。我买的'妈妈'那可是既漂亮,又会跳舞,还会弹钢琴,还很会化妆呢!"

郁三听了,虽然心里想着:"会那些又有什么用?"但内心难免还是有些失落。

郁三有一个朋友也买了"妈妈",跟郁三不同,她的

---

① 手纺车,从蚕茧、棉花中抽丝捻线用的手动纺车。

"妈妈"可是花了七百日元买的"高级妈妈"。她也得意地跟郁三炫耀道:"我妈妈的手又细又白,好像用力一拽就会折了似的。所以我特别爱护妈妈,都不怎么用她。而且我妈妈每天都会化妆,我每天最喜欢看妈妈化妆的样子了,真美!"

但是,刚过了半个月,这个朋友就跑来跟郁三抱怨说:"我妈妈从来都不照顾我,真是太不值了。她确实宠我,但她从来不会像你妈妈那样,早早起来给我做既丰盛又好吃的便当。我的妈妈就只顾着她自己玩,原来高级的妈妈都不干活啊。不过跟耀夫的妈妈比起来,我的妈妈还是更有用的。毕竟耀夫的妈妈自己还要使唤三个女仆呢。"

刚过一个月,郁三听说那个最贵的妈妈——耀夫的妈妈生病住院了。耀夫抱怨道:"都怪她太弱不禁风了!"耀夫的妈妈虽说变成了人,但她原本并不是人,所以再高明的医生也对她束手无策。耀夫全家都很担心,他们想把妈妈送回商店请掌柜给治治看。但等他们找到那个商店原来的地方,却发现那家出售妈妈的商店——"妈妈屋"已经消失得无影无踪。他们跟住在附近的人打听这家店,结果得到的回答却是:"我们压根儿就没看到过这家店啊,你们一定是搞错了吧!"耀夫一家不知如何是好。结果,耀夫又变回了从前那个没妈的可怜孩子。但是,耀夫自我安慰地说:"那个妈妈虽然漂亮,但她只在玩的时候才对我好。我再也不需要像花瓶一样的妈妈了!"

最近天气变冷了,郁三听说另一个孩子的妈妈也病倒了。每当听到这样的事,郁三都会回想起掌柜对她说的那番话,然后紧紧地攥住妈妈粗糙的手指。郁三的眼中闪烁着幸福的光芒,她看着妈妈自豪地说:"妈妈,只有你才是最好的妈妈!妈妈光漂亮是没有用的!"

我也有妈妈了

除夕夜,大街上熙熙攘攘,阿瞳在人群中东张西望地闲逛着。街上完全是一派正月①的热闹景象。卖羽毛毽拍②的店面灯光闪烁,阿瞳看到里面有一个比自己大很多、大概十七八岁的女孩子,她看起来正在跟妈妈撒娇,嚷着要买羽毛毽拍。对面的洋货铺有一个装饰得极其华丽的橱窗,阿瞳从橱窗偷偷地往里看,看到有两个女孩子正在开心地商量着什么。看起来是两个好朋友在商量一起买新年戴的新手套。目光所及之处,人们全都被幸福的光环和欢声笑语环绕着。他们都在跟身边的朋友啊,兄弟姐妹啊,或者

---
① 正月,在日本,指一年的第一个月,本是农历一月,明治维新后改为公历一月,尤其多指庆祝新年的1—3日或元旦装饰门松的1—7日期间。正月十五日前后称作小正月。
② 羽毛毽拍,打羽毛毽用的长方形带柄的木拍。有的也用作装饰品或吉祥物,如贴画羽毛毽拍等。羽毛毽,最初是在无患子的球形核果上钻孔,插入几根羽毛做成的玩具,用羽毛毽拍拍着玩。

自己的妈妈开心地聊着。像阿瞳这样独自徘徊在大街上的孩子，环顾四周只有她一人。

"只有我是孤零零的一个人啊！"阿瞳心想。她是一个没有父母也没有家的孩子，而今夜，她更加深切地感受到自己是如此凄惨。

阿瞳今年十二岁了，但她到现在为止还一次都没被人温柔地摸过头。她是在五岁的时候，被一个老爷爷不知从哪里"要"来的。老爷爷让阿瞳跳着乱编的舞蹈，自己在街上边走边叫卖糖果。这个老爷爷就是这么多年来最爱阿瞳的人了。

可是好景不长，老爷爷去世后，和他们同住一家柴火钱旅店[①]的卖艺乞讨的老奶奶就把阿瞳带走了，她们过了一段四处流浪的日子。那个老奶奶老是虐待她，终于有一天她实在忍受不了了，就从老奶奶手里逃了出来。正当她在街上四处游荡的时候，警察抓住了她，并把她送到了小镇上的孤儿院里生活。但孤儿院不仅要求所有孩子都穿一样的蓝白条纹的制服，还总是让孩子们在神灵面前忏悔，这些都令阿瞳很是厌恶。所以刚过了一个月的时间，她就逃出来了。

从那以后，她成了没家的孩子。但是晚上，当她一边警惕地听着巡逻警察的脚步声，一边在荒废的房子里迷迷

---

① 柴火钱旅店，只需付柴火钱即可自己做饭和住宿的简易旅店。

我也有妈妈了

糊糊地睡觉的时候,她居然好几次梦到了妈妈,虽然她从生下来就没见过妈妈。梦中的妈妈真是特别温柔。白天,阿瞳经常会在街上碰到带着孩子的妈妈,她远远地望着他们,心里总会羡慕不已。梦中的妈妈就和那些妈妈一模一样!但美梦醒来,现实是冰冷的,她还是没有妈妈。每当这时,她总会觉得自己真的好可怜,她甚至还会嫉恨那些每天拥有这种幸福的孩子。可能正是因为明天就进入正月了吧,幸福洋溢的氛围让嫉恨的坏心思越发强烈。她心想:"这些人肯定一次都没被人揍过,也没被人踢过,肯定也没尝过肚子饿得受不了是什么滋味吧。"

阿瞳这样想着,不知不觉间已经走到了镇上的十字路口,边上就是镇上最大的钟表店了。她无意间朝里面一瞥,看到一位富家小姐,穿着暖和的毛皮外套,看起来十四五岁,她的妈妈好像正在给她买戒指。

阿瞳看着她们的背影,心里瞬间冒出一股憎恶之火,而且比以往的任何一次都要强烈。这个大小姐真是集万千宠爱于一身,她居然还身在福中不知福,一副理所当然的样子!"真是太过分了,我非把她弄哭不可!"想到这里,阿瞳靠近了玻璃门,四处打量。她看到展柜上放着一个用漂亮皮子做成的手提包,是那个富家小姐的!阿瞳马上伸出手抓住了手提包。

但是，她正要慌慌张张地逃出门的一瞬间，却整个身子结结实实地撞到了玻璃门上。只听"咚"的一声巨响，阿瞳能察觉到店里的所有人一下子都回过头来看着自己。阿瞳在那一刹那马上扔下了手里的包，想赶快逃出去。但为时已晚，有一个店员一下子抓住了阿瞳瘦骨嶙峋的胳膊，厉声呵斥道："喂！不许胡来！"她一边揪住阿瞳的胳膊，一边大声嚷道："我想你就是个小孩，就没管你，没想到你竟然做出这样的荒唐事！"阿瞳被店员按住，动弹不得。她一边用尽全力想要挣开店员的手，一边大喊道："我什么也不知道，我不知道！我……我……我真的不知道！"店员说："你怎么可能不知道？快，来个人去把警察叫来！"

一听到"警察"两个字，阿瞳吓得浑身发抖。她以前就是从孤儿院逃出来的，这次绝对又要被抓回那个"监狱"了……绝对，绝对要被抓回去了……

阿瞳睁开惊恐的双眼，求救似的看着从四周聚集上来的人群。在这千钧一发之际，有一位女士从看热闹的人群后面来到了阿瞳身边，她轻轻地问道："请问，这个孩子做了什么？"在这样的混乱中，她居然还能用这么镇静、温柔的声音讲话。

"她偷东西。"店员回答。

"偷东西？那她拿了什么？"女士又继续问道。

我也有妈妈了

听到这话，阿瞳像是溺水的人抓住了救命稻草一样，拼命地抱住了那个女人的腿，大喊道："阿姨，我……我什么都没做啊！我只是在店里边偷看。"

店员一边大声斥责道："撒谎！"一边居然突然扬起手，朝着阿瞳的脸就"啪"地甩了一记响亮的耳光，还朝她吼道："就是你这家伙，偷了那位小姐的手提袋就想跑，还敢抵赖！"

那个女人赶忙说："就算她拿了，那也是小孩子一时糊涂。这次无论如何请您原谅她可以吗？这个孩子今后一定会注意的。"

但是，店员听了却顶了回去："我不知道您是哪位。但您可不能给这个小鬼好脸色看。这可是个没家的孩子，每一天，每一天都在这一带无所事事地乱晃。"

那位女士热心地建议道："要是这样的话，倒不如，您就把这个孩子交给我吧！我是前面街上'爱邻塾'的老师，我叫吴忍。我们专门照顾没有父母的孩子。我会把这个孩子带回我家，教育她今后不再给大家添麻烦……拜托您了！"

爱邻塾，店员一听到这个名字，脸上的表情立马柔和了下来，她放开了抓住阿瞳的手，把她推向了那位女士。这位女士虽然年轻，但是已经从过世的吴五月老师手中接管了爱邻塾。爱邻塾小得都很难被称为孤儿院，但却会给没有父母的问题儿童们倾注家庭般温暖的关爱。吴忍老师也成了这些孩子们的妈妈。

"那就请您把她带走吧。如果您来教育她，她一定会改邪归正，今后走上正道的。"

老师对着店员礼貌地鞠了一躬："谢谢您！"然后对阿瞳说："没事了，我们走吧。"吴忍老师拉着阿瞳的手，带着她走了出去。

阿瞳松了一口气，但同时，她又马上担心起来：爱邻塾其实就是孤儿院，如果我跟这个女士回去了，她一定会因为我今天偷了东西，狠狠教训我很久很久吧。而且不管过了多久，她都会一直提起今晚的事，不停地说我吧。想到这，阿瞳现在就想从老师手里逃跑，她心想："对，这街上这么多来来往往的人，我偷偷跑到人群中，然后趁乱逃跑吧！"

这么一想，阿瞳开始偷瞄吴老师，想逮个空子跑掉。老师什么都不知道，她一只手挎着一个大大的包袱，一只手拉着阿瞳的手，准备穿过人群。老师的手并没有很用力地抓住阿瞳的手，阿瞳可以非常轻松地挣脱逃跑。但是不知为何，阿瞳心里有一种难以言说的感觉，她从老师的手里感受到一种形容不出的温暖。她的心里，一边是想要逃跑的念头，另一边却冒出了另一个念头：她想永远牵着这只温柔又温暖的手，一直走下去！

我也有妈妈了

"这是怎么回事?这个阿姨难道对我施了魔法不成?"阿瞳一边这样想着,一边下意识地想要挣脱,可是这时候,她们已经走到一间小房子的门口了。

老师拉开了格子门,大声说:"我们回来啦。"阿瞳第一次知道原来这里就是爱邻塾,更让她吃惊的是,这里看起来一点都不像孤儿院:在这里,孩子们吃饭的时候,全都整齐地坐在餐桌旁,只要大喊一声"我开始吃啦"就可以吃了;在这里,孩子们不管是抓住老师的肩膀,还是爬到老师的膝盖上嬉闹,老师都不会训他们"一点教养都没有"。

最让阿瞳意想不到的是,老师居然一句话都没有责备她,而是把她看作一直住在这个家的孩子一样,让她吃饭,给她洗澡,还从橱柜里拿出叠得整整齐齐的睡衣,对她说:"早点休息吧,明天还要早起拜一拜第一天的朝阳呢!"然后老师选了孩子们最当中的一个床铺,铺好床,让阿瞳睡在那里。为了不让冷风钻进去,她还细心地轻轻拍了拍棉睡衣肩膀接缝的地方。最后,老师竟然还用温暖的嘴唇温柔地亲了亲阿瞳的额头!那一刹那,热泪一下子涌上了阿瞳的眼眶,她很难为情,又怕被老师看到,就只好赶紧用被子把整个头蒙了起来。但是,阿瞳的心却还是一直"扑通扑通"地跳个不停……

"这里真的是孤儿院吗?"她感觉自己像是在做梦一样,呆呆地在心里想着,"有可能这里不是孤儿院,可能那个女士只是觉得我可怜,所以才骗店员说带我去孤儿院,这样才好让她们放了我。"

阿瞳还在心里琢磨着,周围的孩子们都已经发出了均匀的呼吸声。他们是如此无忧无虑,仿佛正安心地睡在妈妈的怀抱里。被妈妈保护的感觉,真幸福啊!

身边有温柔的妈妈,还有亲密的兄弟姐妹,这不正是阿瞳一直以来渴望拥有的东西吗?可是,当她真的置身其中,却反而更加深切地感觉到自己的孤单和格格不入。"我在这里肯定会被大家讨厌的。"这么一想,她就越来越觉得这里不是自己该待的地方,"我还是走吧。"

阿瞳悄悄地掀开了被子,想要坐起来,但是这床铺也太舒服了吧,这个家也太温馨了吧!阿瞳又情不自禁地躺回到床铺上,她呆呆地望着天花板,想到自己又要回到那刺骨的冷风之中,光是想一想就觉得好凄惨啊。但是,阿瞳坚信自己必须离开这里!

要是换作以前,阿瞳一定会想:"我就一直赖到被赶走吧。"但今晚她的心里却冒出了一个要强的想法:"我才不要等到被赶走。"不知为什么,阿瞳就是不想被吴老师觉得她是"令人讨厌的孩子",所以她才会想:"趁着吴老师

我也有妈妈了

还没讨厌我,还没赶我走,我赶快自己走吧!"

这时,不知是哪里的挂钟敲响了三下,阿瞳听到这静谧夜里的钟声,下定了决心,一下子坐了起来。她换上丢在被子角落的衣服,蹑手蹑脚地绕过一个个睡着的孩子,她的手搭在了一扇拉门上,门外是通向玄关的外廊①。

阿瞳尽可能不发出声响,但是,不知道是谁的被子压到了拉门的底框,她刚一拉拉门,拉门就滑出了滑道槽,发出了"咣当"一声巨响。阿瞳强压住差点从嗓子眼里跳出来的心脏,赶快原地蹲下,四处张望有没有人被吵醒。好险,大家都还在熟睡中。阿瞳松了一口气,又再次将拉门拉开了一道缝隙,然后灵活地侧着小小的身体,从门缝里"嗖"的一下钻到了外廊。

从外廊出来,经过一个板门②就能走到玄关了。板门好像忘关了,这会儿正敞开着。这里也通向厕所,现在只有玄关的灯泡发出昏暗的光。阿瞳走过玄关,不经意间回头看了一眼,正是这一眼,她看到了挂在拉门门框上方的一位老奶奶的照片。

这位老奶奶让阿瞳觉得似曾相识。她看上去非常亲切,

---

① 外廊,日式住宅中,作为走廊或进出口,在房屋客厅的外侧铺设狭长木板的部分。有装窗户与外界隔开的,也有露天式的。
② 板门,封有木板的门。

眼里带着笑意，似乎正准备向站在面前的人伸出母亲般慈爱的手。恍惚间，阿瞳忘却了惶恐，也忘却了悲伤。

老奶奶好像在微笑着对她说："等等，孩子，你要去哪里啊？"阿瞳情不自禁地停了下来，一直仰望着这幅照片，她越看越觉得似乎以前在哪里见过这位老奶奶。她感觉这位奶奶很像以前她被人欺负、被人揍得痛哭的时候，在旁边安慰自己的人。可是哪怕阿瞳绞尽脑汁地搜寻记忆，也没有想起在哪里遇到过这位奶奶。但不知为何，她就是觉得这个人是如此熟悉与亲切。

阿瞳总觉得照片上的老奶奶和今天带自己来这儿的吴老师长得很像，到底是哪里像呢？从五官一个一个看过去，两人完全没有相像的地方，但是为什么会觉得照片上的人像吴老师呢？难道这个人是吴老师的妈妈吗？

阿瞳正呆呆地站在那里胡思乱想，这时，突然有人从身后轻轻地拍了拍她的肩膀，阿瞳大吃一惊，回头看去，居然是吴老师，她正微笑着站在那里。

"阿瞳，我们的妈妈把你留下来了，果然和十五年前一样啊……"老师轻声说，"你要离开这儿……是吧？我太懂你的心情了。十五年前，那是个夏天，我也和你一样，是一个孤零零的孩子，也想从这里逃跑。"老师身上套了一件短外褂，又拿了一件衣服紧紧地裹在了阿瞳身上。

"你不要觉得只有你自己是孤单单的一个人。你也不能听别人说你是坏孩子，就真的觉得自己是坏孩子。可能你并没这样想……但我曾经是这样想的。"

老师说着，闭上了眼睛，似乎想起了些什么，又抬头望向了相框："但是，就是这位老师，在我最颓废的时候给了我莫大的勇气。那时我被别人的看法影响，也觉得自己是个坏孩子，自己要把自己推向黑暗的深渊，我也知道不能这样。就是相框里的这位老师——创办这所爱邻塾的吴老师，当年给了我勇气，现在我同样也要给你勇气。你觉得自己是坏孩子，这才会真的让你变成坏孩子！还有……"老师紧紧地握住了阿瞳的手。"你也不再是孤零零的一个人，你有妈妈，你看，你的妈妈不就在这吗？"老师把一直紧握着的阿瞳的手按在自己脸上，"还有，你看，那也是你的妈妈！"老师指向了相框里的照片。拉门门框上方的老奶奶，这时似乎正慈爱地看着她们，微笑着点头。

一瞬间，阿瞳的心里好像被突然照亮了一般。一直以来弯曲的腰杆在此刻终于挺直了，同时，眼泪像决堤的河水一样奔流而下。"老师！"阿瞳用尽全身力气，紧紧地抱住了老师，在老师怀里像婴儿一样放声大哭。

爸爸的工作

一

三吾从外面跑回了家,嘴里大喊着:"我回来啦!"刚刚三吾和小伙伴们在屋后的空地上玩了一场激烈的打仗游戏,三吾把敌人们打得落花流水,为此他的手还光荣负了伤,扮演红十字会护士的染子贴心地给他的手缠上了绷带。这会儿,他得意扬扬地奏凯而归。但当他跑进家里一看,却觉得家里的气氛和自己高涨的情绪完全是两码事。三吾刚刚还挺得像气球一样鼓鼓的胸口,就像一下子被刺破了一样,立刻瘪了下来。

他不由自主地停在了拉门旁,心里有点想哭,嘴里喊道:"妈妈。"听到这声音,刚刚还背对着他织东西的妈妈像是一惊,回过头来,虽然有些惊慌但还是很温柔地对他说:"哎呀,儿子你什么时候回来的?妈妈一点没发现啊。

孩子他爸，你说三吾是用了隐身术吧？一点脚步声都没有！"爸爸躺在妈妈旁边，朝三吾扭过头来："是啊。三吾真的用了隐身术啊！快，我要抱抱这个猿飞①三吾！"

"不要，不要，不要！"三吾被爸爸一把抱起，却不断地在爸爸的怀里扑腾着双脚想要挣脱开，爸爸突然这么疼爱自己，他反而觉得很不舒服。他一边挣扎一边大喊着："爸爸你再这样我可就要'砍你'了！"爸爸赶忙一边单手抱头蹲了下来："我投降！饶命啊！"一边放下三吾。爸爸站起身笑着说："要是被你'砍'了那可就糟了。爸爸还是赶快逃到外面去吧。跑了，跑了！"这时，妈妈也放下了毛线针站了起来。三吾却感觉有些扫兴，他拔出了玩具佩刀，拿着刀一直跟在爸妈的身后，说："爸爸，你要去公司上班了吗？"爸爸说："嗯。"三吾又说："爸爸，你回来要给我带好吃的啊！今天一定不能再忘了！"爸爸点头回答说："好！"

爸爸脱下了和服棉袍，换上了每天上班都要穿的西装。三吾最喜欢看爸爸穿西装了，但他从来没见过爸爸像今天这样，白天还穿着和服棉袍——他觉得特别奇怪，感觉爸

---

① 猿飞，传说中日本战国时代的忍者，向户泽白云斋学习忍术，侍奉于真田幸村，是真田十勇士之一。据传侍奉于真田幸村的真田十勇士有：猿飞佐助、雾隐才藏、三好清海入道、三好伊三入道、穴山小助、海野六郎、筧十藏、根津甚八、望月六郎、由利镰之助。这十人作为明治、大正时期发行的立川文库小说中出场的人物而人气很高。

爸爸的工作

爸像是变了一个人一样。他心里也想不明白:"为什么最近爸爸总是待在家里,不像以前那样每天早上都去公司了呢?"

三吾忍不住问:"爸爸是早上都不用去公司了吗?"爸爸说:"为什么这么问啊?"三吾回答:"因为爸爸最近早上都没去公司啊!"爸爸却说:"爸爸早上也去了啊。你想想,爸爸不是昨天、前天都很早就出门了吗?"三吾又说:"但是这两天爸爸起得也太早了吧!我都还没起来呢。为什么爸爸不等我起来再走呢?"

这时,妈妈突然在旁边训了三吾一句:"三吾,你别对爸爸叽里咕噜地问个没完!"三吾的心里对妈妈的健忘很恼火,他心想:"因为一直都是我叫爸爸起床的嘛!要是爸爸那么早就出门了,我不就不能叫爸爸起床了吗?妈妈真笨!"

三吾边想边委屈地抹起了眼泪,爸爸看到后便赶忙过来摸摸他的头,疼惜地说:"别哭,别哭。好儿子,你还小,你还不懂这些。那我明天开始就等你起床了再走。我出门啦,爸爸今天要是回来晚了,你就先睡觉啊!"

爸爸说完便出了门。三吾站在玄关的门口,一直目送着爸爸走出了格子门①,看着他的身影在门口小路的拐角处消失不见。

---

① 格子门,日式格子门一般用细的木条或竹片呈格子状纵横交错制成。

"爸爸今天真的不会忘记给我带好吃的吗？因为最近爸爸总是会忘记……"三吾心里懊悔得不得了，真该在爸爸出门前再叮嘱爸爸一遍。

二

爸爸回来时天已经黑了。

虽然这时三吾已经钻进了被窝，但他一听到开格子门的声音，便从枕头上像小乌龟一样伸长了脖子大喊："爸爸！你给我买好吃的了吗？"爸爸笑着回答道："买啦，买啦！你看，这是你最喜欢吃的巧克力板！"说着便放到了三吾的手心里。爸爸好久都没给他买巧克力板了，三吾光是看着，就已经感到舌尖都变甜了。他刚想兴奋地大叫："爸爸，今天的巧克力板好大啊！"却被妈妈抢了先，她对爸爸说："亲爱的，今天是有工作了吗？"

"嗯。"爸爸背对着母子二人，一边解领带一边说，"终于有了，但只是年底的临时工作。从明天开始接下来的一周，这份写作工作非常赶，所以每天下班就能给工资，但就是下班会比较晚。"

妈妈说："啊，只有一周啊！不过能有工作就已经很好了！多亏你能有这份工作，我们可以好好地过正月啦！也能给儿子买新鞋了。最近儿子真是长得飞快，还穿着原来的小鞋子，看起来都有些寒碜了呢。"

"新鞋？"三吾在舌尖上含着一小片巧克力，听到这两个字就马上望向妈妈。妈妈的脸上就像开了一朵美丽的鲜花一般灿烂。三吾心想："新鞋？那我要和家里开酒馆的小正一样的军鞋！我要是穿上了军鞋，别说是铁丝网了，不管是什么我都能跳过去。都怪我现在的鞋子，一跑起来脚都疼！"三吾又想起今天大家玩打仗游戏时的情景：大家一齐喊着"冲啊！"便向敌方阵地发起了突然袭击，就在这紧要关头，三吾却因为脚被鞋子卡得太疼了，很快被大家甩在了后面。

最后，队长信二在酒馆家的小正胸前别上了荣誉勋章，还在大家面前大声地宣布："'第一先锋'是武田正平！"当时三吾的心里不知有多羡慕，心想："我要是也穿上了军鞋，那'第一先锋'肯定就是我的了！"

爸爸和妈妈好像还在聊些什么。但是三吾的耳朵里已经听不到他们的话了。现在充斥在他耳朵里的全是白天房东家的小德吹的喇叭声、大家一齐在嘴里模仿发出的"咚咚咚咚""噼噼啪啪"的大炮声、"嗡嗡嗡""突突突突"的螺旋桨的声音。他心想："飞机，飞机！对！比起新鞋，我更想要飞行帽和飞行眼镜！"

他马上对妈妈说："妈妈，我想要飞行帽和飞行眼镜！"

妈妈吓了一跳，回过头来对他说："啊，你还没睡呢！你要是不早点睡，明天就不能叫爸爸起床了啊！"三吾坚持道："妈妈，比起鞋子，我更想要飞行帽和飞行眼镜嘛。要是有了这两样，我可就能当飞行军官了！"妈妈无奈地说："你这孩子，你前几天不还嚷嚷着让我给你买钢盔吗？"三吾马上反驳道："但是我现在不要了呀！妈妈，我就是想要飞行帽和飞行眼镜嘛！"这时爸爸说："好，我给你买，给你买！那你要听话，早点睡吧！"三吾兴奋地说："爸爸，说定了啊！明天就给我买！"他激动地想着："太棒了！从明天开始我就是飞行军官了！我要是能坐上飞机，不管是战壕的上面、家的上面，还是大江大海的上面，我都能轻轻松松地飞过去了。我无论如何都一定要当飞行军官！即使飞机被击落，我还能打开降落伞跳下来。"

在三吾的眼前浮现出了这样壮观的景象："嗡嗡嗡""突突突突"伸展着银色机翼的飞机成排地在空中交错飞过——已经忘了是什么时候了，那是三吾和爸爸一起观看的演习的飞行方阵。那些飞机在空中组成了妈妈大衣上那样的条形，并在三吾头顶上空呼啸而过。它们渐渐地、渐渐地在远方的空中越变越小。三吾在脑海里回想着那些越变越小的飞机，手里还托着半块巧克力板，不知不觉地进入了梦乡。

爸爸的工作

三

从第二天开始,爸爸又每天早上换上西装出门了。妈妈这段时间也总是兴高采烈的。以前妈妈即使在家织东西,也大多是默默不语、闷闷不乐的。现在她竟然还会一个人唱起以前在女子学校学到的歌曲。家里充满了轻松快乐的气氛,这也让三吾变得更加精神抖擞。特别是第四天的早晨,三吾刚一睁开眼睛,就看到枕边端端正正摆放着飞行帽和飞行眼镜,他心里乐开了花!他开心地感谢道:"爸爸果然没忘!爸爸真好!"

三吾立马戴上了飞行眼镜,又戴上了飞行帽,吃完早饭就马上冲向了屋后的空地。但是不知道为什么,往常每天都来的小伙伴们今天却好多都没来,只有小正一个人在心不在焉地晒太阳。

三吾问小正:"大家都去哪了?"小正回答说:"染子呢,她今天感冒了,所以她妈妈今天不让她出来了。信二呢,他说没有红十字会的成员可不行,所以来了但又马上回家了。小德和他妈妈一起去了新宿,说是去看看圣诞节要买点什么。"

三吾懊恼地想:"我好不容易让爸爸买了飞行帽,今天却没人来,真没意思!"只能垂头丧气地回了家。

妈妈看到三吾闷闷不乐的样子，停下了手里的针织活，疑惑地问道："哎？儿子你怎么啦？今天没玩上打仗游戏吗？还是你跟谁打架了？"三吾仍然低着头，郁闷地回答："因为今天大家都没来。染子生病了，小德去新宿了。"妈妈说："哦，原来是这样啊。没事，儿子，等你爸爸的工作结束了，让爸爸也带你去啊！"三吾满肚子的委屈似乎找到了地方发泄，马上就来了精神，任性撒娇地摇晃着妈妈的膝盖问："妈妈，什么时候去啊？啊？妈妈，到底什么时候去啊？"妈妈说："再过三天吧。"三吾立刻不满地说："还要三天，太久了！我今天就想去嘛！妈妈，你今天就带我去吧！小德今天都去了。大家今天都不跟我玩！"

　　妈妈没有吭声，想了一会，自言自语似的说："那我们就去附近那条街给你买双鞋子吧。"三吾不开心地说："太没意思了！我想去新宿嘛！小德都去了！"妈妈说："你要是再这么不懂事，我可就哪也不带你去了。新宿下次再去哦！等你爸爸的工作结束了，让爸爸带你去。"

　　于是，妈妈就带着三吾出门了。但是，三吾却注意到——妈妈径直带着他走过了平常买东西的那条街，走向了公交车站。三吾抬头不解地问妈妈："妈妈，我们是要去新宿吗？"妈妈笑着说："是啊。你就这么点愿望，妈妈不想让你失望，想让你开心！怎么样，我是个好妈妈吧？""嗯！你是最好的妈妈！"三吾笑嘻嘻地看着妈妈。三吾最自豪自己有一个好妈妈了。三吾的妈妈既年轻，又漂亮，还充满了活力。在他所有的小伙伴里，没有一个人有这样的好妈妈！

三吾觉得，公交车上的这些阿姨里没有一个人比妈妈漂亮。妈妈肩上的毛线披肩，比起邻座阿姨肩上的皮毛披肩都要合身。三吾心想："这是因为妈妈编织的手艺特别厉害嘛。妈妈看到别人穿戴了好看的衣物，总是回去就能织出一模一样的来，特别厉害！"

新宿的大街上人头攒动，热闹非凡。目光所及之处全都是人，就好像全日本的人都来了新宿一样。大街小巷的店铺里，传出了留声机播放出来的欢快歌曲。这热闹劲，要不是人这么多，这么拥挤，三吾都想跳起来！他兴奋地对妈妈说："妈妈，太热闹啦！"

三吾紧紧地拉着妈妈的和服不敢松手，跟着妈妈开心地漫步在街头，一间接一间地欣赏街道两旁商铺的装扮——不管哪家店都挂上了圣诞节五彩缤纷的装饰，看着都让人头晕眼花。

当母子二人走到一间店铺前，三吾突然大叫道："妈妈，你看，是圣诞老人！是活的、真的圣诞老人！"这不知是哪家糖果公司的门店，门口放着一个大大的、用银色锡箔纸包裹着的巧克力礼盒,就像闪亮的灯饰一样耀眼,包装盒前站着一位穿着红色衣服的圣诞老人,他给每个路过的孩子都发了一面小旗子。虽然只是顶着一张圣诞老人的面具,但三吾却觉得这面具下的脸一定也和这面具一样,是在微笑着。三吾也走了过去,恳求道:"请也给我一面旗子好吗?"

圣诞老人似乎被三吾的声音吓了一跳,他转过头来,微微一怔,突然把手里所有的旗子一股脑地都塞到三吾的手里,然后立刻转过身,大步流星地朝店里面走。

三吾大喊道:"谢谢您!老爷爷!"他觉得只有自己得到了这么多小旗子,实在是太开心了!三吾兴奋地望向妈妈,可是妈妈脸色苍白,一直盯着那位圣诞老人的背影发呆,直到他渐渐消失在人群中。

三吾得意地把手里的旗子递给妈妈看:"妈妈,你看这些旗子多漂亮!"妈妈却用力抓住了他的手,他都被抓疼了。

妈妈突然说:"儿子,我们回家!"

三吾根本不知道发生了什么,但妈妈使劲拽着他,他被硬拖着跟在妈妈身后。三吾疑惑地问:"妈妈,我们什么都不买了吗?"但是妈妈一句话都没说,只是沉默地带着他从原路返回。妈妈似乎都看不到对面的人几乎快要撞到她了。三吾不解地想:"妈妈突然之间这是怎么了?妈妈是

爸爸的工作

不是生病了?她真的不给我买鞋子,要直接回去了吗?"

坐在公交车上时,三吾像是在安慰自己,又像是在自言自语:"妈妈,我们要回家了是吗?妈妈,你是生病了吗?"妈妈仍然没有回答,但她却悄悄把披肩拉到了眼睛附近。三吾又胡思乱想起来:"妈妈一定是不想听我一直问个不停了。妈妈万一要是在路上晕倒了可怎么办啊?"

妈妈没有在路上晕倒,最终还是和三吾平安无事地回到了家。妈妈脱下披肩,三吾发现她的眼睛又红又肿,看起来就像是刚哭过一样。三吾担心地对妈妈说:"妈妈,你没事吧?我可以去叫大夫来。"妈妈听到这话才如梦初醒,她一边帮三吾解开了外套的扣子,一边说:"真是我的好儿子!妈妈没生病,你不要担心啊。"三吾迟疑道:"是吗?"三吾不太明白妈妈心里在想什么。"既然妈妈没生病,那妈妈为什么哭呢?是什么事让妈妈哭了呢?今天也没有一件事能让妈妈哭啊。"

三吾在脑海里绞尽脑汁地回想着,刚刚在大街上看到的景象再一次浮现在了眼前:店铺里唱片传出的欢快歌声,让人不禁想跟着一同起舞,圣诞树上的礼物全都一闪一闪地散发着耀眼的光芒,还有那个穿着红衣服的圣诞老人……他再一次在心底困惑地嘀咕着:"没有一个东西让人伤心啊!那到底是什么事让妈妈这么伤心呢?"

他边想边望向妈妈，只见妈妈靠近了火盆，一直闭着眼睛。但是从妈妈紧闭的双眼里，却不时地滚落出一滴又一滴的眼泪。三吾看着妈妈这个样子，感觉周围的空气变得沉重起来——这气氛压得他心里很难受——于是他在心里悄悄打算从玄关逃出去。

　　正在这时，格子门被人急火火地打开了，跳进来一个人，是爸爸！三吾开心地大喊："爸爸！"爸爸却急切地问三吾："妈妈在家吗？"爸爸还在脱鞋，三吾就已经一溜小跑冲到妈妈身边告诉她："妈妈，爸爸回来了！"爸爸呆呆地站立在房间门口，讷讷地说："良子……"妈妈却像是被训斥了一样，突然大声地哭了起来，边哭边说："我都知道了，我知道了！你的工作……就是在那个糖果公司的门店里，每天装成圣诞老人。所以你才说这工作就只做圣诞节前的一周。他们居然让你做那种工作，我还一直被蒙在鼓里！"

　　三吾突然反应过来："啊？那个圣诞老人是爸爸？就是那个给了我很多旗子的圣诞老人吗？"三吾一下子兴奋地跳了起来，他心想："太棒了！那个圣诞老人原来是爸爸！怪不得他给了我那么多旗子呢！可是妈妈为什么要哭啊？"三吾一把搂住了爸爸的手，边用力地摇晃边说："爸爸，你明天再去当圣诞老人的时候，也带我去吧！我也想像你那样给小朋友们发旗子。行吗？一定要带上我啊，一定！"

小菊的正义

"啊,好漂亮的星星!"妈妈在厕所里站起来,拉开了洗手台外的遮雨窗①,兴奋地赞叹道。现在是十二月的早上五点钟,天空还没亮,四周漆黑一片。

"小菊,像这样的天气,今天肯定会很忙!"妈妈撇下这么一句就匆匆进了厨房。然后很快灶台那边就传来了"噼噼啪啪"砍柴火的声音。

这要是往常,听妈妈这么一说,小菊肯定从被窝里一跃而起了。但不知为什么,小菊今天却一点儿都不想起来。从前段时间开始,她就不爱去工厂上班了,今天这念头更加强烈,她一想到出门,就觉得完全提不起劲头。

自今年入冬开始,小菊就和妈妈一起去海边的一家

---

① 遮雨窗,防雨木板套窗。装在房屋玻璃门窗的外层,用于防风、防雨、防盗。

沙丁鱼加工厂上班了。小菊的家里只有母女二人相依为命——在小菊还是婴儿的时候，她爸爸就过世了。妈妈为了抚养小菊长大，夏天去拉网捕鱼，冬天就去加工厂上班，春秋两季妈妈还会去山那边的农家打零工赚钱，或是走街串巷地去卖鱼。每当看到晒得黝黑的妈妈为了赚钱养家忙个不停，想到为了供自己上学妈妈如此辛苦，小菊就觉得心里很是过意不去。

因此，在小菊还没毕业的时候，她就郑重其事地对妈妈承诺："妈妈，规定的六年义务教育我必须得上完。但是只要上完六年，我也要开始努力工作，好让你能轻松一些。你再等几年就好了！"

小菊有时会在周日帮妈妈洗工作服，顺便帮妈妈缝补工作服开线的地方。每当看到她帮着忙前忙后，妈妈总是开心得合不拢嘴，就好像她这十几年的苦没有白吃。妈妈还自豪地对身边人炫耀说："我家小菊啊，真是生下来都不用管她，眨眼间就长大了，她一本正经地对我说：'妈妈，妈妈，以后我要帮你！'她还说，等她上完六年学，就要让我轻松一些呢！"

终于，小菊在今年春天毕业了。她一边在家里帮妈妈干家务活，一边翘首盼望着早点去工厂工作。

有人说："今年要加强管制汽油了，所以卡车也不能像去年那么经常跑了。估计今年工厂的工作机会也没有去年多。"听到这话,小菊非常担心:"我还想拼命上班帮妈妈养家呢,要是没法工作那可怎么办啊?"

幸亏小菊的担心是多余的,工厂的工作机会虽然没有去年多,但她还是顺利地开始工作了。附近一共有三家工厂,小菊去了妈妈每年都去工作的那家。

围网捕鱼船从海里打捞上来很多沙丁鱼,这些工厂把那些鱼从离这不远的海港用卡车运到这里,然后进行各种加工。在工厂里,这些鱼先被放在装满盐水的大罐子里腌一晚上,然后就是小菊这些女工的工作了——她们把鱼去掉头、剖开肚子、去掉内脏,然后晒干,最后把鱼泡在酱汁里整整齐齐地装箱。

这份工作一般都按人头给工钱,女工每个人每天一日元到一日元五十钱不等。只要不嫌弃身上会沾上鱼腥味,这还算是一份比较轻松的工作。所以海边的女人们基本上都在这三家工厂里上班。因为工作场地是露天的,所以这份工作靠天吃饭——天晴的时候女工们可以鼓足劲多干些活,她们就在海边的太阳下干活,眼前就是美丽的大海,还能和本来就熟悉的人们边聊天边工作,这工作简直可以用"幸福"来形容了。

但是,自打小菊第一天被妈妈带到工厂起,她就注意到工厂工作中存在的一些问题：首先就是盐水罐里的水都已经脏得"咕嘟咕嘟"冒泡了。此外，盐水罐里的沙丁鱼堆得像小山一样高，不能完全浸在盐水里，导致一部分露出了水面，温暖的天气加上散发出来的腥臭味，引来无数红头苍蝇、绿头苍蝇密密麻麻地停在上面，那场面简直令人作呕。

初次看到这场景，小菊忍不住皱起了眉头，指着盐水罐对妈妈说："妈妈，鱼怎么能泡在这么脏的水里呢？再说了，苍蝇的脚上可是沾着数不清的细菌啊！你看那些苍蝇！"可是妈妈却撇起了嘴，训斥道："你少管闲事！那是你能管的事吗？以后别说这些没用的话。"

要是被别人听到可不太好，于是小菊就闭口不谈了。但她在心里却感到非常不可思议："明明妈妈在家里特别爱干净，甚至可以说是有洁癖的人，为什么在这里她对这么肮脏的场面却能视而不见呢？"

妈妈已经是这家工厂的老员工了，在这里颇有些声望和地位。而且，她好像也深得老板夫妻的喜爱。小菊的工作还没完全上手，厂里派人教她如何工作之后，让她先和美津子一组一起干活。美津子和小菊是同一天进厂的，她们在学校的时候也是好朋友。

在之后的某一天，小菊她们正在给沙丁鱼去头然后用

小菊的正义

酱汁腌起来。手头的这些沙丁鱼都是挑好进行整个晒干的，但晒干后里面有一些零零碎碎的部分，看起来惨不忍睹：只剩半个身子的，完全粉碎了的，不成形状了的……要把这样的鱼也装进罐子里，小菊觉得无论如何都过不了自己这一关。于是，小菊把它们全都扔进了用来装头和内脏等废物的筐里。

工厂老板娘正巧在附近巡视，这一幕被她看到了，于是她马上走了过来，毫不客气地指责小菊："小菊，你怎么这么浪费！你如果把这些都当成废物传到肥料那边，我们可就赚不到钱啦！这些要是用酱腌过后根本就看不出来，你今后不许再浪费了！"

这件事就成了小菊对工作泄劲的导火索。小菊心想："连那样的东西也能卖吗？老师在学校里曾经教导过我们：'诚实和亲切①是工作时最重要的两件事。'老师的话在这个工厂里难道就不适用了吗？工作确实是非常重要，但不管是什么工作，只要埋头工作就可以什么都不管了吗？"这个疑问一直在小菊的内心不停地翻滚着，她感到难过。

身边的女工都是这么做的：做酱腌鱼干时，把那些碎的部分放在下面，把那些完整又好看的摆在上层。做糟腌

---

① 在东京荒川区立日暮里第一小学的校门口，有该校毕业生、雕刻家高村光太郎的亲笔题字纪念碑："诚实亲切"。

小鱼干时,在盐水里只撒下一点点砂糖,把鱼放在里面浸泡后,再在上面稀稀拉拉地撒下几颗白芝麻装装门面就行了。小菊又想:"明明工厂运来了那么多用来加工的砂糖,究竟都被用到哪去了?"每每想到这些,小菊就觉得这个工厂里让她不满的地方实在太多了!

小菊忍不住问妈妈:"妈妈,为什么工厂净干些以次充好的事呢?一想到要卖那种东西,我的心里就不痛快!"妈妈却笑话她说:"哎呀,那些东西有人买就行啊!反正又不是我们自己吃,根本不必在乎这些!"

让小菊更加吃惊的是,美津子说的话居然和妈妈一模一样!那天小菊被老板娘训斥的时候,美津子也是这么对小菊说的:"反正也有人买,没关系啊!你当着老板娘的面就顺着她说'好的,好的',况且这样你做的数量也多了,赚的工钱不就多了吗?反正这些又不是给我们吃的,小菊你就是爱瞎操心!"

正因为如此,美津子虽然跟小菊同一天进厂,干活却比小菊效率高多了。现在她已经不跟小菊一组,开始独立干活了。

但即便是这么机灵的美津子也会经常停下手里的活,久久地注视着自己装好腌鱼干的箱子,发自内心地感慨:"东京的人们,真的会吃这些鱼吗?这些东西不洗就直接吃，要是我可恶心死了！"但她说完又马上继续拼命地干起活来，只留下小菊在一旁难以置信地望着她忙碌的双手。

虽然说小菊也并不会事无巨细地都替买家考虑，但在小菊心里，有些事还是不能像美津子那样只是嘴上说说就完了。"我无论如何都不能变成美津子那样！"因此，她只要想到上班，就觉得整个心情都变得沉重起来。

昨天，就在昨天，小菊刚刚装满了整整一箱腌好酱的鱼，搬到老板娘那里请她称重。老板娘生气地指责她："你放这么多酱干什么？还有，在箱子底下还压着这么多好鱼。要我跟你讲多少遍你才能明白？从这箱倒出一些酱匀到另一箱里！"

小菊立刻涨红了脸，默默地跑回自己的座位。当经过别人的工作台时，小菊听到有人半开玩笑地小声低语："快看，小菊又被训了。她总是这样，真是个怪丫头！"听到这话，大家一齐哄堂大笑。听到如潮水般的笑声和挖苦之语，小菊感到非常不痛快，这不痛快一直持续到了今天，直到现在还萦绕在小菊心头久久不能散去。

好在有美津子，她过来一边哄小菊开心一边安慰道："小菊，你又被训了啊？不要紧的。老板娘说你酱汁放多了，你都去掉不就行了？反正也就是这种破酱汁而已。听说，东京最近都不流行'腌酱汁'，改'涂酱汁'了，正好大家也都喜欢买酱少的呢！"但是，当时的小菊根本就没有把美津子的话听进去，她耳朵里只能听到大家你一句我一句的"怪丫头""怪丫头"……

小菊在心里不服气地反问："跟妈妈相比，效率总也提高不起来就是'怪丫头'了吗？不能像妈妈那样讨老板娘的欢心就是'怪丫头'了吗？"于是，在之后的半天里，小菊就光顾着观察妈妈是如何工作的了。

确实，妈妈的工作状态可以说是老板娘眼中的"典范"——手速是别人的两倍，"浑水摸鱼"的程度也很让人震惊，不管是多碎多脏的沙丁鱼，妈妈都能把它们漂亮地塞进罐子里。在罐子底下的那层鱼上，妈妈只是稀稀拉拉地撒上一丁点酱，而罐子最上面的那一层，看上去却满满的都是酱，妈妈这手法简直比变魔术还妙！

小菊不禁心想："真是的，妈妈这么干活，她就不觉得可耻吗？"

要是就因为没像妈妈那样干活而被大家叫作"怪丫头"，小菊一点都不觉得丢人："大家这样嘲笑我，还都把我看成是怪人。但妈妈干活的方式，在别人眼中一定也是非常糟糕的！"

"如果妈妈的心里只在乎被老板喜欢，能多赚钱就行了，那她就是好妈妈了吗？"不过小菊在心底又不忍如此责怪妈妈,"但是,妈妈这么干活,一点都看不出'正直'二字啊!"

当晚,小菊和妈妈一起走在回家路上时,她的心里也一直在思索着这些事,但是身边的妈妈却因为今天赚得比预想的多而满心欢喜,她开心地问小菊:"正月给你买新和服怎么样?"小菊却心不在焉地答非所问。妈妈嘟了嘟嘴:"你这孩子,干吗一副苦大仇深的样子啊!"

"小菊——"正当小菊还在呆呆地想着心事的时候,突然耳边传来了妈妈的呼唤声。小菊以为妈妈要训她,吓了一跳,没有马上答应。妈妈又催促道:"怎么回事啊?不早点起来可就要迟到啦!"

早饭都已经做好了,陶炉里烧剩下的灰烬也已经被撤掉了,上面放了一个铁壶,铁壶里烧开的水已经"咕嘟咕嘟"地发出了沸腾的声音。

"嗯。"小菊勉勉强强地起来了。"你这么磨磨蹭蹭的是怎么了?"妈妈觉得小菊今天和往日不同,似乎有点奇怪,边说边拉开了房间的隔门,把头探了进来,关心地看着她:"你还没起来吗?是哪里不舒服吗?"

"没有。"小菊摇摇头站了起来,又像是自言自语似的说,"我今天想请假不去工厂了。"

"怎么了?你闹肚子了吗?"

"没有,我没闹肚子。"

"那今天不能休息啊,你看,今天可是个好天气啊!要是今天这样的好天还不去赚钱,就没有适合工作的日子了!"小菊终于找到了一个好借口:"但是……我……今天有东西要洗!要是大晴天不洗,下雨天可就不能洗了。"妈妈说:"话虽是这么说,但是谁让工厂是下雨天休息呢。工厂里的工作也越来越挑剔了,最近大家都在说以后我们做的货可能要降价,运来的鱼也要变少了……想多赚钱就得趁现在!就算衣服上全是灰也死不了人,但要是吃不上饭可就要饿死人了!"

小菊忍不住说:"真的……"其实她想说的是"真的要是那样也没事",但妈妈却似乎理解错了,小菊的话还没说完,妈妈就接话道:"当然是真的了。所以妈妈才拼了命地干活赚钱啊!就算工作不至于没了,但要是以后我们的货卖得便宜了,我们赚的钱不也就变少了吗?"

小菊恍然大悟:"正因为如此,妈妈才会在有工作的时候拼命地干活、把钱都攒起来吗?万一裁员,妈妈也能留到最后一个,所以才会按照老板娘的喜好来工作!"一想到这,小菊实在是没有理由抱怨。

小菊对妈妈说:"要真是被裁了,我就去做学徒。"

"傻瓜!"

小菊的正义

　　小菊本来是想安慰妈妈，却突然被妈妈大声地呵斥了回去，这让她吓得浑身一抖。"你不知道妈妈讨厌你去做学徒吗？"妈妈气呼呼地说，"妈妈这么讨厌你做学徒，你要是还想去那你就去吧！去大城市吧！到时候可别哭着回来！"妈妈说完，便"砰"的一声重重地拉上了门。

　　小菊吓得目瞪口呆："妈妈为什么这么生气啊？"她一直都知道妈妈不想让自己去做学徒。和山那边的农家不同，海这边的女孩们往往一从学校毕业，就都去大城市做学徒了，现在全都变得非常洋气。其实妈妈曾经也是那些女孩中的一员，所以小菊从学校毕业后待在家里的这段时间，好多人都来问她去不去做学徒。但每次妈妈总会拒绝对方："家里要是就剩我一个人，那我可就太寂寞了！"一向要强的妈妈，这时却突然一脸落寞地对小菊说："小菊啊，要是只剩妈妈一个人留在这样的家里，我可要被老鼠吃掉的！你一定要在家里陪妈妈啊！"

　　小菊一边觉得好笑，一边对妈妈说："好！妈妈你身上那么腥，老鼠肯定更喜欢吃你！"但她在心里暗暗发誓："妈妈这么孤单，我决不能离开妈妈身边！"时至今日，小菊的想法也变了："如果连工厂的工作都没了，与其让妈妈担心，不如说去做学徒或是做别的什么工作都行，应该能让妈妈高兴吧？"她完全没想到，妈妈居然是这个反应，用这么激烈的话骂她。

小菊在心里不住地琢磨:"到底是什么事让妈妈这么生气?"她把自己从昨天开始的一言一行细细地理了一遍。"自打我看不惯妈妈的工作方式后就不太爱跟妈妈说话,难道这被妈妈发现了?还是因为,自己被大家叫'怪丫头',还被大家嘲笑,这些被妈妈听到了,所以妈妈很生气呢?"

"不管是什么原因,估计在妈妈的眼中,我从昨天开始就跟平常看起来不一样了。"一想到这,小菊就觉得对不起妈妈,为了让妈妈不再生气,她赶快起床叠被子、收拾床铺。

小菊的响动似乎马上就被拉门对面的妈妈听到了,门外又传来了妈妈的声音,但这次却像是在安慰她:"小菊,你今天要是不舒服就躺着休息吧。回头可别严重了。"

听到这句话,小菊感觉眼底一下子涌上了一股热流。她突然觉得妈妈好可怜啊!

小菊赶忙说:"妈妈,我没事。我也去工厂。"

"算了,算了。你今天就休息一天吧。等你心情好了,想洗什么就洗什么吧。"妈妈笑着说,"正好我想到我的睡衣也很脏了。那妈妈就出门啦!"

说话之间,妈妈已经吃完了饭,收拾好了碗筷。话音刚落,外面就传来了厨房门关上的声音。

小菊的正义

小菊赶忙跑过去想追上妈妈,可就在她打开厨房门的时候,妈妈已经走出了后门,一直走到墙根外面了,这墙根一直绵延到海边。小菊略带哭声地大喊道:"妈妈!"妈妈回过头来笑眯眯地看着她说:"知道啦,知道啦!没事的,小菊,你就好好休息吧!外面很冷,快回去!"

四周的天空已经完全亮堂了,随处可见急匆匆赶往工厂或学校的人们。

小菊叹了一口气:"虽然妈妈说着'知道了',但其实我心里到底想的是什么,她根本就不知道。"

妈妈今天又去工厂上班了,一如往常,继续若无其事地做着没怎么放糖的糟腌小干鱼,做着碎鱼隐藏在罐头底部的腌鱼罐头……然后努力多赚一点钱,哪怕多一点点也好,努力想给女儿买新衣服……为了不输给别人,妈妈什么事都能做……

小菊突然觉得这样的妈妈让她感到一阵揪心。

小菊抹了一下眼角的泪珠:"真希望能有一份工作,可以让妈妈和我都能开开心心、其乐融融地生活在一起!"

说着说着,小菊的眼眶里又涌上了一股热流。

窗口的灯光

阿照收拾好厨房,拉着妹妹的手出发去学校,今天离开始上课还有很多时间。平常有时候她们还没走到校门,上课的铃声就响了。每到这时,阿照就会使劲地拉着妹妹慌慌张张地跑起来。妹妹美津今年刚满五岁,她一点都不听话,还走不快。这时阿照就会很焦急,也不知是不是生气了,她对小美津催促道:"快点走啊,不然又要迟到了……"这个小妹妹还没到上学的年龄,但家里没人照顾她,阿照只能带着她去学校。说实话,阿照不太喜欢带她去学校。因为上课时美津有时会在教室外大哭,课间玩耍的时候阿照还要照顾她,都不能和小伙伴们尽兴地玩……阿照最不喜欢的就是带她进教室了——经常是因为小美津在教室外面一直哭,自己不得不把她带进来。但是教室的长凳只能坐两个人,美津进来了就得挤三个人,同桌户川就会对阿照不满。

每到这时,阿照就会想:"要是美津不跟来学校就好了。"阿照的妈妈已经不在了,爸爸一个人在地主的田里做佃户①务农,在这样穷困的家里,她根本说不出这么任性的话。家里不仅困难,还没有女人做家务活,生活处处都很不方便。即使这样,爸爸还能让自己跟其他孩子一样一直上到六年级,阿照已经是满心感激了。

阿照最喜欢学校了,尤其喜欢班主任藤岛老师。但是阿照也知道,喜欢藤岛老师的孩子不止她一个人。阿照也知道,自己既不是优等生,也不是最讨人喜欢的学生,藤岛老师是不会留意到自己的。但她却一点也不在意,她还是最喜欢有藤岛老师的学校了!

尽管阿照这么喜欢学校,也一直很珍惜这个来之不易的上学机会,但她今天还真的是不想去学校。要问为什么,理由有两个:一个是昨天的作业是画地图,她还没有完全画完;第二个就是为了拍毕业照要带制作腰带的布料来,而她今天又没带来。

阿照没有妈妈,每天放学回到家以后,她都要一边看着美津玩,一边准备晚饭。然后要一直等到天黑以后,爸爸才会回家,一家三口才能一起吃上一顿简陋的饭菜。吃

---

① 佃户,从地主处租来土地,缴纳地租而务农的人家。也指这样的人。

窗口的灯光

完饭后美津一般就犯困了,阿照就要把美津抱到床上,哄她睡觉。就这样,阿照每天总是从早忙到晚,等到这个时候,累了一天,疲乏感就会不由得涌上全身,她已经困得抬不起眼皮了,写作业根本是有心无力。即使她有心想做作业,有时候还要帮爸爸给工作服缝补丁。所以别说预习了,即使只有一项作业,对阿照来说都是无法完成的重担。

虽说如此,阿照还是特别喜欢学校,作业也只是上学其中一个任务而已,要是光写作业,阿照一点也不觉得辛苦。今天的地图,阿照已经画好了轮廓,但她没有涂色的铅笔,只能拜托同桌户川借给她,虽然户川脸上有些不情愿,但阿照只要忍一忍,总归还是能够按时提交作业,而且藤岛老师并没有因为这点事批评她。但是腰带布料阿照可就真的没有办法解决了。

裁缝课的木村老师在一周前就通知大家了。"为了拍毕业照,请大家把用来制作腰带的布料带到学校来。"她还说,"布料的材质不限,但因为这是要展示给很多人看的——请大家一定要注意这一点!请务必要多花时间认真缝制,总之是要给很多人看的。"

阿照听了之后就心里犯难:"这可怎么办啊!"阿照刚满十三岁,她很了解自己家里的情况。她知道,即使她把家里翻个遍,也找不出能展示给很多人看的布,就连一块旧布头都没有，更别说让爸爸买新布，那可真是太过分的要求了。阿照的心仿佛坠入了万丈深渊，不知如何是好。

不过，很快阿照心里就涌上了一个办法，那就是求爸爸去跟别人借旧布缝。她想："我帮别人把旧布重新缝好的话，谁都会愿意借我的吧。"阿照感觉好像在黑暗中发现了一线光明，她把这个想法跟爸爸说了。爸爸疼惜地看着阿照被晒黑的小脸，一直默不作声地听她讲，等她讲完后，爸爸没吭声，轻轻地点了点头便从后门出去了。许久之后爸爸回来了，但是他的手里空空如也，什么都没带回来。这回轮到阿照看着爸爸的脸沉默了。

爸爸像是在自言自语，又像是在叹息："我去了地主婆那儿，拜托她借给我。我跟她说：'孩子排练毕业典礼，必须要准备制作腰带的布料……'但是地主婆能借给我的布头里，都没有能用来做腰带的布料……"说完，爸爸把粗糙的大手紧紧按在了阿照的头上，轻声安慰："阿照，你再稍微忍耐一下好吗？我一定会想出办法来的。"

但是，爸爸始终还是没能想出办法来，在上周的裁缝课上，阿照就是唯一没带腰带布料的人。

"总之是要给很多人看的。"看来同学们都把木村老师的这句话深深地铭记在了心里，大家带来的腰带布料全

窗口的灯光

都又新又漂亮，基本都是薄毛呢①，颜色都很鲜艳，让人眼前一亮。看到这些，木村老师脸上有多满意，阿照的心里就有多担心和害怕，不，阿照比这还要害怕得多。

木村老师可能是上了年纪的缘故，性格刻板又苛刻，总有种拒人于千里之外的感觉。在木村老师的课上，只要有一个学生忘带材料什么的，她就会马上沉下脸来。在如此重要又盛装出席的毕业典礼上要用到的材料，阿照却不按自己的要求做，也难怪老师要比平常生气得多了。

木村老师从老花镜片上面斜着眼盯着阿照，问道："水谷，你的呢？"阿照只看到老师的目光就已经吓得说不出话来，她满脸通红，低下了头。老师又问："忘带了吗？"阿照还是说不出话来，她虽然低着头，但仍然能感觉到全年级的同学都齐刷刷地把视线集中在她身上。老师严厉地说："这可不行，我都那么强调过了。请下次课务必要带来，不管是什么样的布料，只要是现成的就好。下次裁缝课是周五哦。"阿照回答："好的，老师。"老师继续强调说："如果有一个人不按时交，可就乱了规矩，下次课不带来可不行。"

"啊，今天就到周五了。"但是阿照今天还是没东西

---

① 薄毛呢，薄毛织品，梳毛纺织品的一种，面料薄而柔软，经素染、友禅染、印花等用作布料。

可带。"木村老师会说什么啊？她肯定会狠狠地教训我吧。"阿照想到这些，就停在了校门口，感觉腿里像灌了铅一样，一步都迈不动。

"要不然我今天请假吧……"但是阿照忘不了昨天爸爸那自责的神情和疼爱的眼神。昨天阿照跟爸爸说："爸爸，我明天上课要是不带腰带布料的话，老师一定会说我的。"爸爸好像在央求阿照一样："阿照，真是对不起你啊，你再稍微忍耐一下好吗？我这次一定会想出办法来的。我去跟地主婆借钱，一定给你买一块漂亮的布料。"但阿照心里明白，地主婆一文钱都不会借给爸爸的，更别说这钱是要用来买在学校里用的布了。因为就连让阿照上学，地主婆都是极力反对的。关于让阿照上学的事，她对爸爸一直是这样的口吻："重作啊，你把阿照送到学校去有什么用啊？你家这么穷，就算学习又有什么用呢？"阿照一想到地主婆这些刻薄的话，就仿佛看到了爸爸被地主婆无情地讥讽和嘲笑的样子，这比买不起腰带布料还要让阿照难过得多，阿照想到这就忍不住抽泣起来。

爸爸不知道阿照为什么哭，他一边心疼地安慰着说："阿照，你别哭啊，你不要哭啊！"一边抬起因为常年辛苦劳作而变得粗糙的大手，一遍又一遍地抚摸着阿照被泪水浸湿的刘海。爸爸的眼睛里也闪烁着悲伤而无奈的泪光。

窗口的灯光

她想到这里,心想:"唉,爸爸那么疼我,我不上课跑回家怎么对得起爸爸啊!"于是她偷偷地抹去眼角的泪水,低着头默默地穿过了校门。小小的美津眨着大眼睛不可思议地看着阿照,阿照都没注意到。

不期待的事总比期待的事来得快,阿照最害怕的裁缝课,好像比她最喜欢的语文课来得还要快。现在,裁缝教室对阿照来说就像是可悲的监狱大门一样。上课的铃声响了,木村老师发福的身影终于出现在了教室门口。阿照心想:"啊,今天可不能再说忘带了。"阿照深深地低着头,唯恐和老师对视。但是在木村老师的眼里,阿照更像是在无所事事地发呆,老师不可能看不到。老师问道:"水谷,你今天又没带来吗?"阿照只能沉默不语,老师生气地说:"你是怎么回事啊?你要是还没带来,现在就只剩你一个人没完成了。算上今天都两次课了……"

老师刚要接着说,这时,教室的门被轻轻打开,藤岛老师从门后探出了像少女一样可爱的脸,她对木村老师说:"对不起,木村老师,打扰您一下。"木村老师听到这个声音,把要训阿照的话硬生生地给咽了回去,吃惊地回过头去问:"有什么事吗?"藤岛老师说:"是的,我找您有点事。"藤岛老师一边说着,一边微笑着看着学生们进了教室,她走到木村老师身边,在木村老师耳边低声地说着什么似乎很重要的话，藤岛老师看到木村老师点了点头，便放心地想要走出教室，她刚把手放在门上，这时，木村老师好像突然想到什么似的，叫住了藤岛老师："藤岛老师，等一下。"然后她走到藤岛老师身边，往阿照那边瞥了一眼，又对藤岛老师窃窃私语了些什么，声音太小了，阿照听不清，但只从木村老师那一瞥，她就已经知道她们说的是什么了，她心想："木村老师肯定在说我的事呢……怎么办啊，一会藤岛老师一定要教训我了！"她这么一想，心里真是既担心又尴尬，真想找个地缝钻进去。尤其是自己的好朋友们也全都目睹了这一切，这让她感到更加难为情。木村老师每说一句话，藤岛老师都认真地听着，还点着头，最后才轻轻地走出了教室。

　　裁缝课最终还是平安无事地结束了，但阿照心头的大石头还是没能放下来。阿照总是时刻准备着藤岛老师会叫自己去谈话。但是她等了一节课又一节课，藤岛老师始终都没有要叫她去谈话的样子。

　　终于，放学铃声响了，阿照不由得松了一口气，这时美津已经等得不耐烦了，阿照拉起美津的手正准备夺门而逃，这时，有人从身后叫住了她。"啊！果然，正是藤岛老师！"

　　藤岛老师又像往常一样微笑着轻声说："水谷，你忙完

窗口的灯光

家里的家务活,能来老师家里一下吗?晚上也没关系。你知道老师家在哪里吧?老师找你有点事。不过不是坏事,你别担心,尽管来吧。"

阿照只觉得血一下子都涌到了脸上,心里不停地想着:"怎么办?怎么办啊?"

藤岛老师家和阿照家只隔了半条街,是一个农民房的偏屋,阿照来到了老师家门前,定定地呆站在那里。透过老师家的窗户,能看到有一盏灯闪烁着昏暗的灯光。老师应该就在那间房子里等着自己。"老师到底是为什么找我呢?"阿照一想到这,就抬不起脚来,一点也不想挪动脚步。

可是老师叫自己去,那就必须得去啊。即使今天不去,那明天呢,后天呢……阿照想到这里,就感觉自己像是坠进了无法逃脱的陷阱里。现在虽然已经是春天了,但是这三月夜晚的空气却让人感觉不到一丁点春天的温暖,反而冷冰冰地压迫着阿照的身心。可能是心情在作怪,在阿照的眼里,连老师家窗户的灯光,此刻好像都在散发着阴冷的寒光。阿照的心中感到无比的孤单,无比的伤心,终于忍不住痛哭了起来。

阿照的哭声似乎惊动了里面的人,窗户的拉窗被拉开了。同时,从里面传来了藤岛老师的声音:"是水谷吧?你是哪里不舒服吗?为什么站在那里不进来啊?"阿照听到老师好像在找木屐。突然,老师柔软的手按在了阿照小小的肩上,温柔地说道:"别哭啦,快进来吧,老师等你很久啦。"老师的声音里不知为何,透着一股兴奋。阿照一边啜泣一边说:"老师,对不起……我,我……裁缝课的布料……"话还没说完,老师就说:"我都知道啦,水谷,你根本就不用道歉啊。"藤岛老师搂着阿照的肩膀,将她拉到自己身边,然后轻轻地带她走到桌边,又继续温柔地说道:"水谷,你总是在照顾妹妹,对吧?而且这次的腰带布料的事,你也一直在忍耐,不想给爸爸添麻烦,对吧?"老师轻轻地握住阿照的双手,按在自己的膝盖上,继续说:"水谷,我想给你裁缝课上要用的布料。但是我又不能在学校里说……你说是吧?你愿意收下吗?"

老师温暖的气息扑在阿照的脸颊上,阿照甚至感到有些眩晕,她不敢相信地抬起了泪光闪闪的眼睛,心想:"什么?老师要给我布料?我连做梦都不敢想,这是真的吗?"老师把早就放在桌边的包袱拿了过来,说:"这块布已经有些旧了。当年我还和你一样大的时候,我让妈妈买给我的。我妈妈和你妈妈一样都不在人世了,现在,这已经成了她留给我的遗物了。但是这块布料太鲜艳了,我不能扎了,你来替我扎吧!"老师展开黑色薄毛呢的包袱皮,真的有一块布料映入眼帘!这块布料的底色是鲜红色,上面画着

浅粉色和明黄色的百合花，布料的材质还是漂亮的友禅印花①的羽二重纺绸②呢。

"老师！"阿照一瞬间心中百感交集，一下子趴在了老师的膝盖上，忍不住放声大哭了起来。

三十分钟后，阿照从老师家走了出来，她用双手小心翼翼地将老师给的腰带布料紧紧抱在胸前。阿照感觉老师的声音还一直萦绕在耳边，老师温柔的身影还一直浮现在眼前，她在心中默念着："再见，老师！谢谢，老师！我最爱、最爱的藤岛老师！"阿照努力地抑制着激动的内心，又回头望去，只见树影婆娑间，露出了老师窗口的灯光，阿照仿佛听到那灯光正在跟自己低声呢喃着些什么。那灯光就是来时看到的灯光，但是却和来时完全不同，散发出温暖人心的光芒，这灯光让人感到如此快乐、幸福！

"我最爱、最爱的藤岛老师！"阿照在心中感恩地默念着，眼眶突然一热，那亲切的灯光在眼中慢慢地模糊起来，扩散开来……

---

① 友禅印花，一种染色花纹的样式及其技法。在丝绸上面用写实的手法染出色彩绚丽的山水、花鸟等图案。据说是日本元禄时期（1688—1703）的京都画工宫崎友禅斋首创的。
② 羽二重纺绸，即纯白纺绸，丝织品的一种，经纬线均以优质的单股生丝织成的薄质平纹丝绸。纹理细密，柔软有光泽，常用作和服衣料、和服外褂料和衣里料。

"四叶草"事件

上

四年级的水野一直精心呵护的四片叶子的苜蓿[①]竟然不见了！这件事在寄宿生的东宿舍里掀起了轩然大波。水野原本是想把这株四叶草送给五年级的小林同学的，这可是水野在上周六花了半天时间，特意跑到户山平原[②]去摘的四叶草呢！而且听说水野还特意把它种在了洗漱间的金属脸盆里。这件事传遍了所有的寄宿生宿舍。就连去年五年级的饭沼同学丢了金壳手表的时候，寄宿生们都没这么震惊过。这次，学生们却都当作自己的事一样骚动起来。

---

① 苜蓿，即三叶草。一般称作车轴草或苜蓿，茎匍匐于地面，节处生根，扩展生长。一般由3片圆形小叶构成复叶，由4片小叶构成复叶的苜蓿被视为幸运的象征。
② 户山平原，位于东京新宿区，曾被用作日本旧陆军的练兵场，现在为住宅、文教地区。

寄宿生们纷纷这样互相议论着："到底是怎么回事呢？""好可怜啊！我去洗脸的时候，明明看到还在那呢。""是不是被偷了啊？""不会吧！""说不好啊。毕竟那也是很珍贵的东西嘛。"整个宿舍楼的气氛都不觉间紧张了起来。

随后整个宿舍楼就传遍了另一件事：正巧就在水野丢四叶草的那天，三年级的青柳也在宿舍里，她还给自己最喜欢的四年级的志村送了四叶草，并且还送去了三根呢！

神经已经变得敏感的寄宿生们听说了这件事，马上都竖起了耳朵。特别是东宿舍那群对"四叶草小偷"毫无线索的学生们，自然马上就把注意力全都聚焦到了青柳的身上。

她们纷纷这么议论着："不会是那个人偷的吧？""这么说人家可不好啊。""虽然不太好，但就在丢的同一天，她就给别人送去了四叶草，这不是有点可疑吗？""而且，那个人向来话不多，感觉深不见底。谁知道，万一呢？""也是啊……""那个人这段时间很喜欢志村，为了他做小偷也是有可能的事。""但是，把偷来的四叶草送人，这也太滑稽了吧！"

最后，可怜的青柳就这么成了"四叶草被偷"事件

"四叶草"事件

的嫌疑人。

　　但是和青柳同住在南宿舍的学生们听到这个谣言后，全都义愤填膺地讨论道："这也太过分了吧！东宿舍的人们现在已经认定就是青柳干的了。被她们这么说，真是我们南宿舍的耻辱！""就是啊！青柳的四叶草也是她辛辛苦苦从大学的院子里摘回来的。东宿舍的人一说到四叶草，就只能想到水野摘来的吗？别人就不能摘来吗？""而且，如果水野那么重视的话，最开始不放在洗漱间的金属脸盆里不就没这事了吗？""青柳，别哭了。我们都知道是怎么回事，你不要放在心上。"

　　南宿舍的学生们心中不快，自然就表现在她们的神情举止上了。对此，东宿舍的学生们也不可能感觉不到，于是东宿舍的大家伙儿开始不跟南宿舍的同学说话了，而南宿舍的同学们见到了东宿舍的，也开始不点头、不问好——直接就走过去了。整个宿舍楼的气氛变得越来越紧张，就连一直被笑话"脑子不好使"的宿舍女佣小花，都察觉到了异样。

　　小花发现大家的神情里都有些说不出的不自然，于是，她就去问她最熟悉的西宿舍的富冈："最近发生了什么事吗？""嗯，水野的四叶草不见了，所以整个宿舍楼都炸开了锅。"小花天真地问道："什么是四叶草啊？"富冈听了显得很吃惊:"四叶草啊!你知道苜蓿吧,就是长了四片叶子的苜蓿。"听了这话,这次换成是小花瞪大了双眼,她继续问道:"啊?不就是叶子嘛,有那么重要吗?"小花的眼前一下子闪过了家乡那广阔的平原。"那当然了,那可不是普通的叶子,那可是四片叶子的四叶草啊!""哦,那她放在哪里了呢?""听说是放在了洗漱间的金属盆子里了。"

小花听了之后,不由得吃了一惊,然后忍不住还想继续问:"那……"但这时富冈却被朋友叫走了。

中

小花呆呆地靠着墙壁,洗漱间的金属脸盆里种着的苜蓿叶子,她记得自己确实碰过。

那一天正巧是周日,小花就同往常一样,等大部分寄宿生都出门之后,开始用抹布擦走廊的地板。小花喜欢从长走廊的这头快速地擦到对面那头,所以她总会把铁皮水桶放在洗漱间的洗手池里。但是,不知道为什么,偏偏就是这一天,很多人都把花盆浸在了洗手池的水里,台上连放水桶的地方都快没有了。小花心想:"学生们在洗手池里放了这么多花,过后又要被老师训了。"为了方便接水,小花就拿起了里面最好拿,也是看起来最不起眼的一个种着

"四叶草"事件

苜蓿的金属盆子，把它放在了走廊尽头门外的石阶上。

这之后，小花精神十足地来回擦走廊地板，擦了足足有三十分钟。地板擦完了，她刚要出去取那个金属脸盆再放回去，就发现宿舍里养的那只叫"里昂"的小狗，不知什么时候已经把脸盆里的苜蓿叶子给叼了出来，还把它衔回了自己洒满阳光的小屋前，一直把它当玩具玩着。

小花赶忙大喊道："哎呀，这可不行！里昂，快还给我！里昂！"她连草拖鞋都顾不得脱，就慌忙冲进了院子里。小花平日里很宠里昂，里昂看到小花过来了，不但不害怕，反而过来跟她嬉闹。它一会衔着苜蓿叶子，一会调皮地把叶子从嘴上扯下来。当它看到小花追了过来，更加卖力地四处撒欢乱跑。小花今年还不到十七岁，还是个孩子。这么一来，小花也不由得被里昂逗起了兴致，跟里昂一起玩了起来。

最后，小花说："里昂，你要这么想玩的话，那你就带回你的小屋吧。"说完，她还耐心地把散落一地的苜蓿叶子一片片地拾起来收在了一起，帮里昂放在了它小窝的草垫子上。

这个无忧无虑的小花啊……她居然以为那些苜蓿的叶子微不足道，之后还把要向叶子主人道歉之类的事全都忘到了脑后。

"原来就是因为我,才引起了这么大的风波……这可怎么办啊?"一向乐天派的小花这次也不得不担忧了起来。她一直站在原地发着呆,这些天一幕幕的场景像放电影一样不停地在她的眼前交替:水野充满失望的脸,青柳哭得通红的双眼,还有南宿舍和东宿舍的人们互相之间剑拔弩张的神情……

小花不由得苦恼起来:"我到底该怎么办才好啊?"

下

第二天,宿舍女佣小花失踪了。小花的房间里留了一封给水野和青柳的信,信上用铅笔歪歪扭扭地大致写着这样的内容:

> 是我和里昂弄丢了水野的四叶草。
>
> 那天,我在打扫卫生的时候把它拿到了外面,然后里昂把它从盆里咬了下来。
>
> 因为我真的不知道那些叶子有那么珍贵,所以我就让里昂去玩了。青柳、水野,希望你们能原谅我!就是因为我,水野丢了那么珍贵的东西,也是因为我,青柳才被大家冤枉的,甚至还让大家那么的不愉快……一想到这些,我就坐立不安。

"四叶草"事件

  我这就回我的老家，多摘一些这种叶子回来，请你们二位都一定要原谅我啊！而且，大家一定都要像以前一样重归于好啊！

  我还没跟老师说回去的事，我想老师一定会训我的。但是我想，即使我跟老师提前报告，老师也不会让我回去的……

  大家读完了信后，你看看我，我看看你，然后一齐会心大笑起来。因为大家的眼前都同时浮现出了这样的一幕：像个孩子一样的小花扎着红花纹腰带，正在满怀歉意地摘着四叶草……

  在这五天里，把整个宿舍楼搅了个天翻地覆的"四叶草丢失事件"，最终圆满地落下了帷幕。

  阳光又洒满了里昂的小屋，在小屋的草垫子上面，有几片已经枯掉了的四叶草，大家看到后，全都开怀大笑起来。幸好当天正是周六，水野和青柳在第二天早上就为了迎接小花出发去了神奈川的乡下。

菊花车站

和子睡醒午觉后发现妈妈不在身边,可自己平常午睡时妈妈总会在她枕边缝衣服的啊,她赶忙喊道:"妈妈!"没人应声,她马上从床铺上坐起来,又喊了一声:"妈妈!""和子,你起来啦。"拉开拉门进来的,却是她十四岁的绚子小姑妈。"你这一觉睡得真好啊,来,我给你拿点'睡醒点心'。"小姑妈边说,边抱起了和子。

和子今年五岁了,今天妈妈没过来,她有点不开心,一直喊着:"妈妈!妈妈!"小姑妈说:"嗯……是这样的,你妈妈现在有点事出去了,但她很快就会回来的,小和你要乖啊!"然后从橱柜里拿出了包着点心的包袱。今天的点心包袱比以往的都要大,但和子却并不开心,她抱着包袱呆呆地站在原地,心想:"以前妈妈不管忙什么事,只要我一叫她,她就会马上来我身边;以前妈妈不管去哪里,都会带上我……"可是,每天和自己形影不离的妈妈,今天却不在自己的身边。对和子来说,这简直是世上最让她觉得孤单的事了。

小姑妈看到和子还是呆呆地站在那,赶忙哄道:"小和,很快的,妈妈很快就会给你带好吃的回来的。所以你要乖乖的。走,我们去院子里玩吧。"

小姑妈是爸爸的小妹妹。和子最喜欢小姑妈了,所以她很听小姑妈的话,心情马上就好起来了,和小姑妈一起去院子里玩了起来。

但是,妈妈直到天黑——家里都点起了灯,还是没有回来。和子自打生下来以后还是第一次在没有妈妈的饭桌上吃饭。

和子的爸爸随军舰去远航了,今天还是和往常一样不在家。奇怪的是,今天爷爷和奶奶不知为何都不说话,绚子小姑妈也沉默着,用人松家自然也不敢说一句话。幼小的和子敏锐地察觉到今晚的空气有些沉重。和子倚靠在小姑妈的怀里,默默地吃着饭。今晚的菜看起来比平常精美多了,和子却觉得一点都不好吃。

到了晚上,妈妈还是没回来。和子跟着小姑妈上了床铺,听她讲故事,但是只要小姑妈停下来,和子就会马上想起妈妈来,然后忍不住伤心地抽泣。小姑妈为了哄和子,今天破例把点心给她拿到了床铺上，可是和子还没吃上点心，就慢慢地哭累了，进入了梦乡。

白天的时候，和子很有精神，和伙伴们一起开心地玩耍。等到在外面玩累了回到家时，她决不会忘记在玄关那就大喊一声："妈妈！"然后飞奔进门。但当发现妈妈还是不在家时，和子就会瞬间又伤心难过起来。

客厅里与妈妈有关的器物与家具都被搬到了玄关。妈妈的弟弟——和子的舅舅过来拿走这些行李。和子问舅舅："舅舅，你这是要做什么啊？"舅舅凝视着和子稚嫩的脸庞，却又突然避开了和子的眼睛，扭头默默地用带子把行李扎紧。和子不知道究竟发生了什么，不由得自言自语似的嘟囔着："妈妈到底怎么了？"听到这里，舅舅一颤，突然回过头把和子抱了起来："妈妈的病严重了，正在医院里睡觉觉呢。你如果乖乖地待在家里，妈妈很快就会回来的。"和子忍不住无声地哭了起来，因为爷爷一直很严厉，所以和子不知从何时起养成了不哭出声的习惯。

舅舅轻柔地抚摸着和子浓密的头发："小和是乖孩子，不能哭啊。妈妈最放心不下的就是你呢。你要好好地听大家的话，然后……平安长大啊……"说到最后，舅舅的声音都有些颤抖了，他轻轻地把嘴唇抵在了和子的额头上。

和子抽泣起来："我也想去妈妈那！"舅舅说："你留

在家里才是最棒的！你看那边……那边的那个漂亮的衣柜，因为你最乖了，里面就是妈妈奖励给你的漂亮和服。从今天开始，那些就都是你的了。"

舅舅把和子从膝盖上轻轻地放了下来，指向了卧室，那里只孤零零地留下了妈妈那个带镜子的衣柜……

行李搬走的第三天，一个从奶奶娘家来的未曾谋面的年轻姑妈就到了和子家。从当晚开始，这个姑妈就陪和子一起睡觉了。但是，和子还没有勇气跟这位年轻姑妈说妈妈没回来的事。因为和子对大家的话深信不疑："只要你乖乖的，妈妈就会回来。"这段时间，和子就如同大人一样懂事，只要有人说："不行。"和子就会马上听话地停下来。全家人都注意到了她这可怜又懂事的样子，也都更加注意避开所有有关她妈妈的话题。

和子心想："妈妈不在家的时候我可不能还在外面玩。"所以这段时间里她都不怎么出去玩了。绚子小姑妈白天要去学校，不在家里，所以基本上白天和子都是一个人孤独地在家里玩。然后每天下午一到三点钟，和子就会跑到大门口等小姑妈回家。因为和子要等小姑妈复习好功课后，让她带自己去火车道口。

火车道口那里通火车和汽车，每天都有很多孩子倚靠在道口前的栅栏上等火车来，但等人的却只有和子一个。

菊花车站

特别是等一个根本不知道会不会回来的人，就真的只有和子一个人了。每天直到天黑，和子都会一直站在那紧紧地盯着来来往往的火车和电车，努力地寻找着像妈妈的人。

和子只要一看到电车里将头发扎起的年轻女人就会大喊："啊！是妈妈！"然后就再也待不住，非要跑到"妈妈"下车的地方，不管小姑妈怎么哄她，她都不听。

爸爸航海还没回来，那个不认识的年轻姑妈也已经渐渐熟悉了家里的情况。没有妈妈陪伴和子的日子还在继续着。这一天，她最喜欢的绚子小姑妈有点感冒，一直在睡觉。这样一来，就没人能带和子去火车道口了。

但是和子每天一到下午四点，就无论如何都在家里待不住了。这天不凑巧从早晨开始就一直下着细雨，外面就像春天一样烟雨蒙蒙。和子在这细雨中，连伞也没打，就一个人出了门，她沿着草木稀疏的小路，走向了火车道口。

可能是因为下雨天吧，那些每天都来这儿的孩子们，今天却一个都没来。和子把被雨淋湿的和服袖兜[①]搭在了湿漉漉的栅栏上，无精打采地站在那里。

火车道口旁有一间道口守护员的小屋，守护员是个老爷爷，他早就记住了这个每天都过来的小姑娘和子。火车发出"呜——"的轰鸣声，逐渐驶远了。老爷爷一边打开

[①] 袖兜，和服袖子自袖笼以下下垂的部分。

火车道口的栏杆,一边亲切地问和子:"小姑娘,你今天是一个人来的吗?"

和子露出了天真的笑容:"是的。"随即又补充道:"因为小姑妈生病了,来不了。"

老爷爷笑着说:"那她要注意身体啊。不过你居然能一个人过来,你可太棒了!真棒!小姑娘,你是特别喜欢看火车吧?"

和子认真地回答:"我啊,是来接人的。"

老爷爷有些意外地问:"接人?你接谁啊?"

和子回答说:"接我妈妈……"说着说着,和子眼里"啪嗒啪嗒"地落下泪来。老爷爷把单手握着的信号旗倒了个手,蹲在了和子面前,耐心地说:"你妈妈是去了什么地方吗?"和子回答说:"我也不知道……就在我睡觉觉的时候她走的……妈妈的东西也没了……我一直都特别乖,特别听话,可是妈妈还是不回来……"说到这,和子终于忍不住,"哇"的一声放声大哭了起来。

听她说完,上了年纪的老爷爷自然是明白了一切,只有年幼的和子一直被蒙在鼓里。老爷爷用和子胸前的白色围兜,帮她擦了擦脸上的泪水:"乖啊,乖!小姑娘,你是个好孩子,你不要哭啊。你要是不哭,一直乖乖地等着,你妈妈很快就会回来的。"

老爷爷说完便抱起还在啜泣不止的和子，轻轻地带她来到了守护员的小屋前。小屋前的地上种着老爷爷精心侍弄的菊花，有白色的，还有黄色的，它们都散发着阵阵的幽香。老爷爷毫不犹豫地从里面摘了一朵，不作声地让和子拿在手里。

第二天，老爷爷又默默地给她摘了一朵菊花……

守护员小屋前面的菊花越来越少，和子手里的菊花却多到快握不住了。它们都无声地伫立在雨中，任由雨水打湿……

守护名字

一

"令人思念的六条熙子小姐,我真心渴望一睹您的真容。但是我是个贫贱的女孩,无法去拜访您的宅邸。恳请您透露一下您去学校的路线。或者,哪怕在杂志上登出您的肖像画也行——拜托您了。"

不知为何,《少女文艺》杂志上的这则读者来信紧紧抓住了弘江的心,令她久久不能释怀。她一边反复地读着,一边走在泥泞的小路上。临近春天,郊外的胡同愈发显得脏乱不堪。小路上的垃圾山里,似乎徐徐升起了一团模模糊糊的沉重叹息,真令人窒息。但是弘江好像完全感受不到这窒息感,心中又念起了刚才的那些文字:

"令人思念的六条熙子小姐……"

"大家果然都把我当成了贵族的千金小姐啊。所以才会写这样的读者来信呢……"弘江这么想着,不由得觉得很可笑。

"恳请您透露一下您去学校的路线。"

那些人如果知道我只是信托公司的一个小文员,该有多吃惊啊。一想到这,弘江忍不住笑出声来。

"嗨!嗨!嗨!"

突然,旁边传来一阵怒喝声。弘江吃惊地抬起头,只见一辆板车上堆着小山一样的破布,一个男人怒气冲冲地站在那里。

"当心点!你磨蹭什么呢?"

弘江满脸通红,赶紧侧身让男人先走,接着慌慌张张地转过街角的杂货铺。

弘江家就在那间杂货铺旁——一条狭窄小路的尽头。弘江才十七岁,妈妈眼睛又不好使,每个月仅靠弘江微薄的工资和出售妈妈少得可怜的手工活儿勉强度日。即使是脏兮兮的长屋①,对她们来说也只是遥远的奢望。母女俩借

---

① 长屋,日式长排、联排房屋。一栋房子中有几家住户共用一面墙壁,但各有各的出入口。

住在爷爷家一个靠边的小隔间里。爷爷在一家电影院给人看鞋，从下午开始工作，一直干到深夜才能回家，弘江几乎都和他碰不到面。

弘江家只有两间房，面积也小得可怜——仅有三块草席和四块半草席大小，她和妈妈就住在紧挨着厨房稍大的那一间。唯一的窗子正对着的却是对面人家的尿布，连带着光线都昏暗了许多。弘江在这窗下安置了一张小桌子，庙会上买来的花草和每日梳妆用的小镜子摆放得整整齐齐，给这昏暗的房间增添了一丝暖意。

弘江虽然现在日子过得清苦，但她幻想的那些"奢侈"的事情，都由她的另一个身份——六条熙子帮她实现了。所以她非常满足……不，如果不这样满足自己的话，她的心就无家可归了。

弘江长相普通，家境又贫困，她往往只能从小说中了解富裕的生活。她从小就如饥似渴地读了很多梦幻的童话故事，并且沉溺其中无法自拔。她读得越多就越想亲身体验一回，所以她一直憧憬着锦衣玉食的上流社会的生活。这也导致直到十二三岁的年纪，她还会幻想能邂逅一位白马王子。当然，这幻想终究还是破灭了。不过从那时起，她的脑海里就已经浮现出了六条熙子的大概轮廓了。

弘江小学毕业后就进入了现在的公司工作。她在公司里结识了一位热衷于给《少女文艺》杂志投稿的女性朋友。最初她仅仅是借杂志来阅读,突然有一天她心血来潮也想投稿试试。她最初用了"无名草"这个笔名,战战兢兢地投了稿。但完全没想到的是,她的稿件不仅被选中了,竟然还被登在了最醒目的版面上!更为重要的是,审稿人浦田尤卡丽女士不吝辞藻地赞她前途无量。从那时开始,弘江就沉迷投稿。但是她已经不能满足于"无名草"了,她冒出一个念头,换名字!

"那选个什么名字好呢?"弘江想。

"反正都要换,那就干脆换个好名字。"

她自然而然地联想起了自己一直以来的"幻想人物",就叫"六条熙子"吧!——她起初想叫"弘子"来着,但又觉得这个名字听起来实在太普通了,根本不像一位贵族。于是她特意查了字典,最终找到了"熙"这个复杂的字,就是它了!——在她定好名字的同时,她也通过这个虚构的人物,实现了自己一直以来的愿望。熙子就是她的希望,也是她的灵魂。弘江在现实中就是个穷文员,内心却是六条熙子。

在弘江的幻想中,六条熙子是堂上贵族[①]的独生女,和弘江一样也是十七岁,但却生得花容月貌,性情也高贵

---

① 堂上贵族,原是天皇的朝廷大臣,明治维新后成为贵族。

而纯洁。而且她可不住在郊外肮脏的长屋里,她住在一眼望不到头的豪宅里。有好多个侍女一起服侍她的生活起居,有轿车专门送她去上学。她的房间里摆着黄金座钟,里面有小人摇铃,椅子上放着绣有紫藤花的深红色织锦缎坐垫,还有紫檀的桌子。当弘江在杂乱的办事桌上辛辛苦苦地工作时,熙子大小姐当然是悠然自得地坐在洋房里弹着钢琴,窗外吹进来的微风轻抚着她的和服衣袖,好似一幅水彩画。

　　熙子只有一处不幸:她的妈妈侯爵夫人并不爱她。她的妈妈是一位美丽的贵族夫人——爱自己甚于爱孩子。她因为担心哺乳会让自己变得丑陋,甚至从未哺育过熙子。熙子打很小的时候起,就不知道被妈妈抱着是什么感觉了。她常常窝在奶妈怀里,看着妈妈光鲜靓丽地去参加外务大臣的晚宴,听着轿车轰隆响着接妈妈出去。她就是这么长大的。

　　弘江的幻想已经越飞越远,甚至飞到了天际。她不仅靠着这个幻想暂时忘记了生活的穷苦,还把它写成了美好的作品。《少女文艺》每个月都会登出这部作品的连载。弘江对它呕心沥血,让它充满了真情实感。六条熙子的生活活灵活现地跃然于读者面前:美丽的贵族小姐、不知母爱为何物的可怜少女、晚宴、轿车、六个侍女……

　　因为从来都没出现过这么有新意的投稿,所以这部作品一经问世就在读者中掀起了轩然大波。已经没人关心到底有没有六条这个贵族了。只用了半年时间，以前的那些有名的投稿作家S啊、K啊、T啊等，在熙子面前，全都像星星碰到月亮一样黯淡无光了。杂志社从读者信箱搬回来好多来信。大量的读者争先恐后地来信表达对熙子的仰慕之情。就这样，不知不觉间她就被捧上了《少女文艺》投稿界女王的位置。

"令人思念的六条熙子小姐……"

弘江刚才在心里一直念叨着的这封信，就是众多读者来信中的一封。很多读者都说想见她，但还没人说得这么恳切。而且，在这个月的杂志上，有五个人都来信说想看熙子的照片。弘江既觉得好笑，又有点得意。

弘江走到家门前，这时妈妈正在大家合用的井边用井水淘米。她的头发干巴巴乱蓬蓬，还满是灰尘，蜡黄的皮肤也是皱巴巴的——弘江停了下来。

"这就是六条熙子妈妈的原形啊"——她想着。妈妈辛辛苦苦地撑起了一个家，平常她总是很心疼妈妈。但今天妈妈那憔悴的侧脸却突然看起来很好笑。

"妈妈，我回来了。"

妈妈抬起头来："哦，你回来啦。好像有给你的信呐。"

"是吗，哪里来的？"

"我也不知道啊。"妈妈边说边用围裙擦干手。

"哪里来的呢？"弘江想，不可能有谁给我写信啊。她一进家门就马上望向桌子。妈妈总会把信放在那。真的来了一封信，是《少女文艺》的主编田村老师寄来的。

田村先生的信上是这么写的：

"最近暖和多了。我们准备在春天前举行《少女文艺》徒步会，现在就剩四五天了。很多读者都热切地期盼着您也能来。恳请您务必为了大家抽空来参加。杂志上登了集合地点：新宿站。目的地是多摩川，集合时间是八点半。那就恭候您大驾光临了。"

《少女文艺》要举行去多摩川的徒步会，弘江早在前天发售的三月份杂志上就看到了。当时她只是稍微动了一下想去的念头。但她马上就想到自己这寒酸的样子根本登不上大雅之堂，就再也不想去了。她一个月的工资才三十日元，根本就不可能随心所欲地打扮。而且，弘江只上过短短几年学，当天应该会来很多女学生，她感到深深的畏惧和巨大的压力。

"我看起来这么寒酸，根本没办法走进一群大小姐中间。好久都没洗衣服了,倒不如趁这个难得的周日,洗洗衣服吧。"

她想到这就打算放弃了。弘江一向都很有主见,但这封诚意满满的邀请函却一下子打乱了她的阵脚。

"怎么办呢,去吗?"弘江失魂似的一直盯着信,像被钉住了一样动也不能动,"去吗?怎么办呐?"

自己最喜欢也最想见的人就是田村先生了,他居然能给自己写来这么亲切的信。

"好想去,好想去!不去的话真对不起先生。读者们也都在等着我呢,不去可不行啊。我要是去了,大家一定都会很开心。去吧,去吧。但……"

弘江突然紧张得喘不过气来:"但这是因为先生和读者们都不认识真正的我,如果他们知道了真相一定会失望的。怎么办呢,我要假扮成熙子吗?"

弘江静静地闭上了眼睛,让纠结的内心冷静下来。在她眼前浮现出了一幕热闹的景象:那是在新宿站前的广场上,一大群热情的读者簇拥着投稿家S、K、B和O。当自己默不作声地走进人群时,大家应该是先投来轻蔑的目光吧。但如果我一说"我是六条熙子",大家一定会马上把目光由轻蔑转为尊敬。谁都想跟我说话,我马上成了大家的中心。我走到哪里,人们就会跟到哪里。只要我一讲话,周围就会爆发出热烈的掌声与欢呼声。

想到这，弘江就觉得无论如何都要去参加。她马上走到桌前，回信说"我一定会参加"，但因为太激动了，写错了好几次才寄了出去。

二

下周日一早，弘江在新宿站前急匆匆地下车，这时距离集合时间八点半还有十五分钟。她一边下车一边不经意地向对面一望，看到在对面广场上的人群里，隐隐约约的有很多美丽窈窕的身影。弘江心中不由得响起一个响亮的声音："天呐，我去了该说自己叫什么啊。"

弘江停了下来，让前面的公共汽车先过去。这时身后有人大声说："哎呀，来了好多人啊。"弘江想："看来也是要去多摩川的啊。"她回头一看，是两个系着御茶水女子学校腰带的少女。她们都留着短发，一个穿着洋装，一个下身穿着紫红色的短和服裤裙①，上身穿着元禄袖②的和服，这些装扮一下子像一道光射入弘江眼里，她下意识地低头看了看自己："我站在这里真是显得好寒碜啊！"

---

① 裤裙，套在和服外边，从腰部遮到脚的宽松衣服。穿着时系住缝在上腰部的带子。一般像裤子那样两腿部分分开，也有裙式的。
② 元禄袖，和服袖型之一，吸收日本元禄时代圆袖的特点，袖筒大而短。

弘江感觉刚才还明亮的阳光突然一下子变得刺眼起来，甚至让她有些眩晕。她的兴奋劲儿一扫而光，刚出门时的兴高采烈也一瞬间消失得无影无踪。弘江低着头，缩着肩，拖着沉重的步伐跟在她们身后。

"不过田村先生一定会来等我的。"这可是弘江最大的盼头了。但她找遍了整个广场，都没看到一个像田村先生的人。聚在一起的少女们看到弘江走近时，都互相交换着鄙夷的眼神。弘江仿佛听到她们在低声议论："哎哟，那人肯定是哪里的小文员吧。"其实，弘江早就猜到了她们会这样议论自己，但她没想到这会深深地刺痛自己的心。

"我，是六条熙子！"

她真想把这句话用力甩在那些人脸上。但不知为什么，这句话卡在了弘江的喉中，她到底还是没说出来。弘江只是缩在一个墙角，期盼着田村先生赶快到来。没有人理睬，没有人搭话，弘江紧紧地抱住了孤独的自己，落寞又漫无目的地望着来来往往的电车。

"啊呀，来了一辆轿车，肯定是那辆车。"

右边的一群人中突然有人喊道。果然这时有一辆漂亮的轿车停在了那边的广场上。

"啊，肯定就是那辆车了。我们快去看看！"

"啊呀，不是。那不是一位老奶奶吗？"

"啊，又错啦？不过千金小姐嘛，肯定要花很长时间打扮的。"

身边响起了热烈的笑声和讨论声。听到这，弘江知道她们一定是在等六条熙子。但可笑的是，弘江的心却被击得粉碎。

"我猜熙子小姐一定非常美丽高雅。""是啊，我也这么想。""你猜她会穿洋装，还是和服呢？""我猜是洋装，那我们打个赌吧。""啊呀，田村先生来啦。"

弘江也赶快抬头望向对面。有个人拄着手杖从对面马路走了过来。她看过照片，这个人就是田村先生。先生身边还有一位头发上插着浅粉色蝙蝠插花的女士，她一定就是浦田女士了。但是还没等弘江离开墙角，一群女学生就抢在她前面扬起紫色衣袖迎了上去。

"先生，您来得好晚呢。""是啊，而且六条小姐还没到呢。""先生，六条小姐今天是不是不来了啊？"

田村先生掏出怀表，"啪"地打开。"现在是八点二十五分，距离集合时间还有五分钟呢。""可是先生，火车几点发车啊？""八点五十分，还来得及呢。"田村先生笑着说。但是田村先生似乎也觉得这个伫立在角落的穷女孩不过就是一个读者罢了。

"请大家注意一下，我们都聚在这里会影响到别人，我们先去候车室等着吧。"

但弘江并不想追上去。因为如果追上去，大家就会知道这么穷、这么难看的自己居然就是六条熙子！大家都以为六条熙子是美丽的富家小姐，弘江不想让自己这穷酸的模样打破这个美好的形象。她们那么瞧不起自己，如果知道了真相一定会非常吃惊。这还没什么，更重要的是，这样一来"六条熙子"这个人不就永远地死了吗？

如果六条熙子死了，对别人倒没什么。但是自己该怎么办呢？就只剩一个孤零零的穷文员身份了。大家只会感叹原来这一切都是巧妙编织出来的谎言。一直以来受到的尊敬和仰慕，全都会马上灰飞烟灭。"不行，我无论如何都要让六条熙子继续活下去！我必须更加珍惜六条熙子！要是这样，那就……"

"回去吧！"弘江下定了决心——继续小心守护"六条熙子"这个名字，"为了这个名字，我将永远都不在大家面前露面。"

想到这，弘江偷偷地目送着大家的背影离开，听着那些人一路兴高采烈地谈笑着拥向了候车室。

弘江仿佛看到那些谈笑声簇拥着的"六条熙子"。弘江把"她"留在了那里，自己却悄无声息地离开了……

小木屋里的圣诞老人

大雪无声地下着,这是一个寒冷的冬夜。

爸爸一大早就冒着大雪去镇上买米了,到现在都还没回来。良太和三吉一边坐在地炉①旁取暖,一边努力忍耐着饥饿等爸爸回来。两个人早就已经饿得受不了了,但爸爸不回来,家里什么吃的都没有,他们只有默默忍受。他们非常清楚,从这么不便的大山里去镇上买米可不是一件轻松事。他们想:"爸爸回来前,要暂时忘了饥饿,那就看看爸爸以前从镇上给我们买回来的画册吧。"于是,兄弟俩就打开了画册。

画册上登了很多画,兄弟俩亲密地坐在一起一幅幅地看下去。突然,两个人的手都在同一幅画上停了下来。那

---

① 地炉,在屋内地板上切出一个正方形的坑做成的炉,用于烧开水、煮食物或温暖房间等。

是这样的一幅画：在一间漂亮的儿童房里，有一对和良太、三吉一样大的兄弟，正盖着被子香甜地熟睡着。在他们的枕边，站着一位穿着红色长袍、留着长长的白胡子、看起来很慈祥的老爷爷。他肩上扛着一个大大的袋子，正微笑着看着兄弟俩。就在前几天，他们让爸爸读这幅画旁边写的文字时，就知道了：这个老人叫圣诞老人，他会给全世界的孩子们送去他们喜欢的礼物。他们俩就是因为都想到了爸爸说的话，才同时停下了手。

兄弟俩不由得对视了一下，两个人心有灵犀地在想同一件事："这是圣诞老人，一个慈祥的老爷爷，我们现在太饿了，要是他现在就能给我们带来些什么吃的就好啦！"

哥哥良太说："要是现在圣诞老人能来我们家……"他还没说完，弟弟三吉就兴奋地抢着说道："那我就要刚做好的年糕！然后就放在这个地炉上烤着吃！"三吉说着，"咕咚"一声咽下了口水。良太也用力地咽下了忍耐已久的口水，说道："要是在这炉灰里烤红薯，肯定特别好吃！"

说到这，两个人眯起眼睛，似乎都已经闻到了烤年糕和烤红薯的诱人香气。肚子特别饿的时候想到好吃的，这简直是世界上最煎熬的事！兄弟俩不由得抱在了一起，默默地向地炉里扔了两三根柴火枝。

正在这时,他们突然听到门口有声音传来,好像有人要推开堆满积雪的大门。兄弟俩开心地大喊着:"啊!是爸爸回来了!"赶忙跑到大门口,从里面推开了防雨门。

但进来的却是一个不认识的叔叔。兄弟俩看到这个叔叔,先是愣了一下,然后抑制不住兴奋,同时大喊起来:"啊!是圣诞老人!"

真的是圣诞老人!虽然叔叔背的是脏兮兮的粗布口袋,但他确实是用肩膀扛着大口袋;虽然叔叔身上的衣服很脏,还褪色了,但确实是红色的衣服;虽然叔叔实际上比画上的圣诞老人年轻很多……

他看起来一脸疲惫,还瑟瑟发抖,一定是因为冒着雪还爬到山上的缘故。兄弟俩赶紧把"圣诞老人"拉进家里,又立刻关上了门。因为他们心想:"好不容易来的圣诞老人,可不能让他跑了!"

良太开心地说:"叔叔,我们正在想您会不会来我们家呢,您就来了!"他边说着,边跳到了叔叔的身旁。三吉也摇着叔叔的手,撒娇说:"叔叔,叔叔你这袋子里是给我们带的什么东西啊?"突然被这么一问,叔叔看起来非常吃惊,但也没有训斥他们不礼貌,只是绷着脸回答道:"这里面是年糕和红薯……""哇!"兄弟俩兴奋极了,禁不住跳了起来。红薯和年糕!果然圣诞老人真的知道他们俩想要的东西!

"太好啦!我真想现在就烤着吃!叔叔,这是要给我们的吧?"叔叔说:"你们要是想吃的话就吃吧。"他说完还小心谨慎地环顾了一圈,才从肩膀上放下大袋子,说:"你们俩饿坏了吧!"

良太解释说:"因为爸爸去镇上买米了,到现在还没回来呢……"叔叔听完这话,这才放下了戒备:"原来是这样啊。"他放心地坐了下来,还打开了大袋子,说:"那你们俩就多吃点吧!饿肚子最难熬了。我给你们好吃的,那你们就来帮叔叔烤吧!"三吉好奇地问:"叔叔你也饿了吗?"因为他一直以为圣诞老人是不知道饿的呢。这时,良太把红薯放进了炉灰里,一边烤一边像是在安慰三吉似的说:"就算是圣诞老人,爬到这大山里面肯定也会饿的啊!"

听了这话,叔叔问道:"什么是圣诞老人?"兄弟俩忍不住大笑起来,说:"啊?叔叔,你自己就是圣诞老人,怎么还这么问?""你穿着红衣服呢,别想骗我们了!你就是圣诞老人,所以才会给我们带来红薯和年糕的!"兄弟俩说着,便把刚才看的画册递给叔叔看。叔叔看完,这才恍然大悟地笑了起来:"啊哈哈哈,原来就是这个圣诞老人啊!"

这时,红薯和年糕已经烤好了,香喷喷的,散发出焦烟的香气，这次可是真真实实的香气了！良太和三吉一人一边靠在叔叔的膝盖上，三个人亲密地坐在一起，吃红薯和年糕吃了个饱。

又过了一会，叔叔像突然想起什么似的站了起来，说："啊，我该走了。"兄弟俩赶忙问："叔叔，你要去哪啊？""我也不知道要去哪儿……不管怎么样，先下山再说吧。"三吉忍不住抽了一下鼻子，伤感地说："叔叔，我不想让你走！"良太也不舍地说："叔叔，你再跟我们多玩一会就好了。"叔叔说："叔叔也想跟你们俩玩啊！叔叔也很喜欢你们兄弟俩。看到你们，我就感觉自己死去的儿子好像又活过来了，我真想他啊！"良太瞪大了眼睛问道："叔叔，你也有儿子吗？"叔叔回答说："有过……但现在他已经不在了……唉，他实在是太饿了，最后……最后饿死了。"良太又问："那，你为什么不给你儿子也带年糕和红薯过去呢？就像给我们带过来一样？"叔叔说："我当然想啊！可是……还是失败了……"三吉也问："圣诞老人也会失败吗？"叔叔说："叔叔那个时候还不是圣诞老人啊。"叔叔像是想起了伤心的往事，悲伤地把头垂下了很久很久。终于他深深地叹了一口气，抬头问道："你们俩知道去镇上的路吧？"

"当然知道啦，爸爸去镇上买东西经常走的那条路

小木屋里的圣诞老人

嘛!""那你们告诉我怎么走,总之我先下山去镇上吧。"

良太拿来了纸和铅笔,认认真真地画了起来,画完之后,还在画上一一地指给叔叔看:"在这棵山毛榉①上挂着小三吉的旧帽子;在这棵榉木②上挂着我的旧木屐;在下一棵桦树上挂着爸爸的一只草鞋;然后在这棵树上绑着粗绳子;在这棵树上挂着一个白铁皮罐头盒。因为大雪把路都埋住了,只能看着这些标志下山。这些标志是我和小三吉为了不让爸爸迷路,一个一个标上去的,有了它们就没问题了。晚上借着雪反射的光,看着这些标志走,很快就能走到镇上了。"

叔叔点点头:"谢谢。"说完便把这幅地图揣到了口袋里,下到了冰冷的土地面③上。良太望着叔叔的衣服,心疼地说:"画上的圣诞老人穿得很暖和,可是叔叔你的红衣服怎么看起来这么单薄啊?难道只有去有钱孩子家的圣诞老人才能穿暖和衣服吗?"叔叔说:"哪有这种事。"良太又说:"但我总觉得你这样太冷了,叔叔,你把我的外套穿

---

① 山毛榉,也叫水青冈,山毛榉科落叶乔木,生于温带山地,木材可做成工艺品或用作建材等,在日本分布于九州到北海道南部的地区。
② 榉木,榆科落叶大乔木,生于山地,也作防风林或庭院树木栽植。因木材坚实、木纹美丽,所以多用于建材、家具用材等。和上文提到的山毛榉并非同一种植物。
③ 土地面,有些日式房屋的部分地面(如靠近大门、墙壁的地方)不会铺设地板,只是用三合土铺面。

去吧，这是爸爸给我的，但我穿太大了。"良太说着，便取下了挂在钉子上的旧外套，把它递给了叔叔。叔叔说："太好了！那我就先借走了啊。"三吉心想："如果我不做点什么，可就输给哥哥了。"于是他也咬咬牙，说："叔叔，我把我的高跷给你吧，你踩着高跷就能快点走到镇上了！"叔叔不敢置信地说："你要把高跷给我？"然后欣喜地望着他俩说："你们兄弟俩才是我的圣诞老人啊！"

叔叔踩着高跷，穿着厚外套，一步一步，渐行渐远。在兄弟俩眼中，这个圣诞老人看起来就像是变成了小孩子一样。

正当兄弟俩还在想着："这个时候叔叔应该已经走过了第三个标志了吧。"又有人"咚咚咚"地敲响了他们家的大门，还有人大喊着："开门！快开门！再不开门就把你家门给砸了！"

兄弟俩大吃一惊，赶快打开了家里的大门，门外全都是山脚下村子的青年团[①]的小伙子们，他们每个人都提着灯笼。为首的一个青年对兄弟俩说："喂，有个犯人逃到你家里了吧！"旁边一个青年也跟着质问道："他在哪里？我们是来抓他的！"良太茫然地摇了摇头说："没有犯人来过

[①] 青年团，明治中期以后日本各地纷纷建立的自治团体，由居住在同一地区的青年组织，从事有益于自身修养、娱乐、地域环境改造、社会服务等活动。继承了日本历史上的青年小组的传统。

啊。"旁边的另一个青年呵斥道:"撒谎!我们看到有脚印一直逃到这里了。那人是个坏蛋,他是个小偷!他从监狱里逃了出来,因为太饿,又到山下村子里偷了红薯和年糕,然后又逃进了这座山里。你们要是包庇这个坏蛋,那你们也是坏蛋的同伙!"

"红薯和年糕……"良太突然想到了什么,"该不会是刚才的那个叔叔吧?"但他再转念一想,又马上觉得那个叔叔并不是他们口中的坏人啊,那可是圣诞老人啊!是给孩子们带去他们想要的东西的圣诞老人啊!

良太正要说话,又有很多人从后面一拥而入,还是手中提着灯笼的青年们,这次跑进来大概十个人,全都气喘吁吁的。有人喊道:"注意了!能看到那边的山谷底下,有一个黑东西!可能是那家伙迷了路,掉到山谷里了。"听到这,所有青年全都把良太兄弟二人扔在原地,朝那个方向跑去了。

正当兄弟俩还在呆呆地望着那些匆忙跑开的背影时,爸爸靠着路上兄弟俩做的标记,已经从镇上回到了家。爸爸看着兄弟俩都站在那发呆,忙大喊道:"良太!三吉!这么冷,你们在外面看什么呢?"良太开心地说:"啊!是爸爸!"他赶忙跟爸爸解释,"有人说有坏人掉到山谷里了,还说那个人是从监狱里逃出来的。"

三吉也在一旁说:"爸爸,你在路上没遇到踩着高跷的圣诞老人吗?"爸爸说:"我也不知道那人是不是圣诞老人。但我确实在快到镇上的地方,看到了一个踩着高跷的人。哎呀,这么冷,你们俩赶快回屋,爸爸给你们买了正月的年糕呢!"

兄弟俩开心地牵着爸爸的手,一起进了家门。

雪还在安静地下着,高跷的脚印也在雪中渐渐消失了。山谷里还能看到有很多个灯笼,在四处移动着……

妈妈的旅行

久子去土师家讨论寒假作业的题目，回到家就马上对妈妈说："妈妈，土师的妈妈说大巴公司正在召集团队旅行，新年首次参拜要去川崎大师①，她让我问问你要一起去吗。她说你要是去的话她也去。她还说是当天往返，会费是八百日元。"

妈妈正坐在朝南的阳光底下，现在还是正月，今天也才五号，妈妈就已经在缝缝补补了，妈妈连手里的活都没停，干脆地回答："我去不了。"这语气仿佛是在说："想都不用想。"

---

① 川崎大师，日本香火鼎盛的名寺，位于日本神奈川县川崎市川崎区大师町，是真言宗智山派的总寺院，正式名称为金刚山金乘院平间寺。大治三年（1128）由平间兼乘氏（尊贤上人）创建，供奉有空海像。空海世称消灾弘法大师，又称川崎大师。自江户时代开始就受到百姓的广泛尊崇。至今仍有"新年首次参拜就去川崎大师"这样的说法，每年吸引约300万人前去参拜。

久子困惑地问道:"为什么啊?听说回来的路上还会顺路再去参观一下浅草寺呢!"妈妈还是淡定地说:"不管顺路去哪儿,我都去不了。人家土师家的几个孩子都已经长大了,她妈妈当然能去了。我现在可不是出去玩的时候。"

"我们几个会好好在家看家的。而且咱们家又没有小婴儿,妈妈你只是一天不在家的话,是没问题的!"久子有点不喜欢妈妈总是用"孩子太小了所以不能出门"这个理由。

妈妈微笑着说:"你已经上五年级了,正三也六岁了,你们都能好好在家看家。其实这不是'最关键的东西'!"

久子不解地问:"最关键的东西是什么?衣服?钱?"妈妈回答说:"衣服穿什么都行。"这么一说,久子方才恍然大悟:"噢,果然还是因为钱啊!"随后她就开始后悔:"我去年原本下定决心要开始存钱,为什么当时就没马上行动起来呢?"

那是去年的秋天,还是这家大巴公司给家里寄来了"日光市两日一夜"的旅行传单,久子记得妈妈当时看后叹了一口气,然后自言自语地说:"我这辈子真想去一次大家都说特别好的地方看看啊!"从那时起,久子就暗下决心:"我一定要让妈妈这辈子也和大家一起去一趟团队旅

妈妈的旅行

行！"然后她一直想着："好！那我就把零花钱都存起来，然后突然有一天对妈妈说：'妈妈，拿着，这是我给你的旅行团费！'好让妈妈大吃一惊。"但是日子一天天地过去了，她虽然没有忘记这回事，但渐渐地就懈怠了，钱一点都没攒起来呢，就又遇到了今天这样的困境。新年收到的压岁钱，虽然还没怎么用，但还不够团费的一半呢。

久子一脸认真地问道："咱们家没有这么多钱吗？难道就连这些钱都没有吗？"妈妈听了笑了起来，说："哎呀，这些钱还是有的。但是这些钱，可以给你买围巾啊，也能给小胜和正三买衬衫呢。"

"这样的话，妈妈，我们几个什么都不要不就行了？我不需要什么围巾，我用去年的就行了。"久子兴致勃勃地接着说，"妈妈，你就去玩吧！还是当天往返的，我也能在家看好家。路上用的零花钱，我给你！"

"哟，哈哈哈哈哈，你给我零花钱啊。久子可真懂事啊！我还不知道你这么有钱呐！"妈妈一边像开玩笑似的说着，一边用围裙擦了擦眼角。但久子却好像感到被嘲笑了一样较起真来："真的，妈妈！我很早以前就一直想让妈妈这辈子也能跟大家去一次团队旅行呢！"也正因如此她想开始攒钱，但这件事她还是没好意思说出口。

久子又接着说:"一直以来,每次都只有爸爸到处去玩,妈妈你哪里都不去!妈妈你肯定偶尔也想去哪里玩玩吧?"妈妈还是低着头说:"我可没想过。"

"妈妈,你撒谎!以前你不是说过的吗,你说真想去一次特别好的地方啊,难道不是特别好的地方你就不想去吗?"妈妈回答说:"那倒也不是啦。但不能浪费钱啊。"然后,妈妈放低声音嘟囔着:"再说了,也不知道你爸爸会怎么说呢。"久子说:"我就这么跟爸爸说:'爸爸,你每年都会去参加神社参拜会①啦,工会旅游啊什么的,也该让妈妈出去玩一次。'而且,现在还是正月呢,爸爸还总是去和客户喝酒,给妈妈一种他很忙的错觉。你看,今天爸爸不知道又去哪里玩了,妈妈却在家摆弄着破衣服……要是让爸爸现在就养成了只留女人在家干活受罪的坏习惯,以后等我们都长大离开家了,家里只剩妈妈一个人,妈妈你可就倒霉了!"听了久子的话,妈妈不禁瞪大了双眼看着她,心中百感交集:"久子真的长大了啊!"

傍晚,爸爸出去办事又被客户叫去喝了酒,心情愉悦地回到家。久子跟爸爸说让妈妈去参拜大师,爸爸就对妈妈说:"参拜大师啊,你还这么年轻就开始参拜大师啦!"可能是因为爸爸刚从外面喝完酒玩完回来,自己也觉得有

---

① 参拜会,有共同信仰的人结成的团体,共同参拜神社和寺院。

妈妈的旅行

点底气不足吧，他也没一上来就反对，只是这么挑毛病。

久子马上说："但是大家都去呢！而且听说回来的路上还能顺路去东京看看呢！"久子还没说完，爸爸就一脸惊讶地问："还顺路去东京？到底是参拜哪里的大师啊？"久子回答说："是川崎大师啊。而且妈妈还没去过东京呢！"爸爸说："那也不用跑那么远去参拜啊，附近不就可以参拜大师吗？"久子吃惊又不满地说："爸爸你真过分！你总是……总是不愿意让妈妈出门！"爸爸苦笑着说："我没不愿意让她出门啊。"他解释道："是因为家里有三个孩子呢，妈妈要是不在家，这有点不太好吧。"久子说："我不是说了吗？我们几个会在家好好看家的，是吧？小胜！"久子回头望向三年级的弟弟。小胜精神十足地说："对！我们在家看家，妈妈你要给我带特产回来啊！"正三也马上争先恐后地喊道："我要胶皮气球和达摩不倒翁①！"

爸爸看着孩子们，无可奈何地问一直在旁边没作声的妈妈："我说，那你有多少钱啊？"妈妈怯生生地小声说："这些钱是有的。"爸爸便说："既然孩子们都同意了，那你就去吧！"久子兴奋地喊道："那我现在就去土师家，告诉

---

① 达摩不倒翁，模仿达摩（中国禅宗的始祖，传说生于印度，北渡中国传授禅宗）坐禅姿势做成的纸糊玩具，身体涂成红色，整体呈圆形，底重，扳倒后能立即竖起来。它被视为开运的吉祥物，最初只画一只眼，如愿以偿时再画另一只眼以示庆祝。

她妈妈！"

久子立马站起来穿上木屐，因为她太了解爸爸了，要是自己多磨蹭一会，说不定爸爸就改主意了！

当晚，久子拿出了自己存放在蛙嘴形小钱包里的钱，对妈妈说："妈妈，给你路上花的零钱！"妈妈看到久子这样，脸上露出不好意思的神情，对久子说："不用啦，久子。妈妈自己也有钱的。"

原来，妈妈尽管嘴上总是说什么"我都没想过要去旅行"，但其实内心总是在期待什么时候也能出去玩。所以她一直在偷偷地把每次买鸡蛋的钱一点点地攒起来，存"鸡蛋私房钱"。久子不由得会心地笑了起来，说："怪不得我总觉得最近便当里的鸡蛋变少了。"

听说出发时间是清晨的五点半，在镇上的大巴公司前面集合。从久子家过去有两日里[①]半的路程，于是爸爸决定让妈妈坐在自行车的后座上，载着她过去。

出发的当天，妈妈凌晨两点钟就起来了，她给大家做好了一整天的菜和便当里的寿司。要知道，连爸爸去外地出差都没享受过这种待遇。

全家人都起来了，只留最小的正三继续在那香甜地熟睡着。正当大清早大家还在吃早饭的时候，土师妈妈也让

---

① 日里，日本的距离单位，1日里≈3.927千米。

妈妈的旅行

大儿子用自行车载着她，来到了久子家，准备叫久子妈妈一起过去。

"早上好啊！"土师妈妈兴致勃勃，声音里充满了激动和喜悦之情。

爸爸郑重其事地对土师妈妈说："不好意思啊，这次可要拜托您多多照顾她啦！"然后又扭头对还在厨房里收拾个没完的妈妈说道："孩子妈，你快点！还在那磨蹭什么呢？"爸爸边说，边把停在土地面上的自行车推了出去，然后还特意跟土师妈妈解释道："大清早没办法嘛，今天我就给老婆服务一下！"说完，不好意思地笑了。

外面还是一片漆黑，天空上的星星在一闪一闪地发着光。

妈妈坐上爸爸的自行车后座，不放心地向孩子们一一叮嘱道："小胜啊，我回来给你带特产，你可不能跟正三吵架啊！久子，家里都拜托你了啊！"

"外面很冷，用披肩把头也包起来吧，骑起来风是很凉的！"这还是久子第一次听到爸爸如此充满爱意地对妈妈说话。妈妈默默地用和服披肩包起了头，明明还不冷，却抽了一下鼻子。

爸爸对大家说："那我们就出发啦！半路上天肯定就亮了。"两辆自行车渐渐地消失在了田埂上。

"喔，好冷！"一直站在大门口目送着他们离开的久子，好像这时才突然意识到了寒冷，她不禁缩了缩肩膀。但是久子的心里却是无比温暖的。这个清晨，她感受到了刺进脸里去的料峭春寒，可不知为何，此时她却感到如此的畅快。

彩线草鞋

我们突然得知，大家最喜爱的酒井幸子老师就要从学校辞职了。就在明天，老师就真的离开了。于是我们几个同学全都在今天傍晚来到了老师家，给老师送行。所谓的"我们"，其实也就是班里五个平常特别受老师关爱的孩子——我、光子、俊江、爱子和小绿。我们五人聚在一起商量了很久，最终决定每个人各自带一张自己亲手画的水彩画送给老师。

老师看到后，开心地对我们说："哎呀，谢谢你们！你们都画得很好啊！"然后老师想了想，又微笑着对我们说："那老师也送你们什么当作临别留念吧。老师这里的东西，你们想要什么就直接说吧！只要不是特别难弄到的东西，你们喜欢什么我都送给你们！"

但大家全都一副不好意思开口的样子，低着头扭扭捏捏的。老师笑着说:"你们要是觉得不好意思说出来,那就把你们想要的东西写在这张纸上给我看。怎么样?这样可以了吧?"

说完,老师便递给了我们一些剪得很小的纸片。

我从老师手里接过纸片后,没有犹豫很久,仅仅思考了一小会儿便马上在纸上写下了几个字——彩线草鞋。

那是一双总是被老师非常小心地放在随身携带的小包里的,用彩色丝线编成的只有两文① 长的小草鞋②。我从看见它的第一眼起就别提有多喜欢这双漂亮的小鞋子了。虽然那只是一双小草鞋,但是上面却有蓝色、红色、黄色、紫色等各色彩线编织成美丽的图案,并且左右两只鞋的图案还完全对称,真是难以形容的小巧别致!

我在纸条的正中间认认真真地补充道:"我希望老师能给我彩线小草鞋。——千鹤"。然后我小心地把纸条对折再对折,悄悄递到老师面前。

其他几个小伙伴也都在纸条上写下了想要的东西,然后递给了老师。老师收齐了五个小纸条,把它们一一放在膝盖上,然后一个接一个地打开。我们全都目不转睛地盯

---

① 文,日本表示鞋底长度的旧单位。1文约为2.4厘米。
② 日式草鞋一般是用稻草、竹皮、蔺草等编织而成,并装上草屐带儿的无齿平底鞋。根据材料、制法、用途等,种类繁多。本文中的草鞋很特殊,实际是用彩线编制而成的。

彩线草鞋

着老师的脸,心里都在想着:"老师会说些什么呢?"

老师打开第一个纸条以后会心一笑。但当打开第二个纸条时,她惊讶地"啊"了一声。等到把五个纸条全都看完之后,老师露出了非常为难的神情,连一向温柔的眉头也蹙在了一起。老师长长地叹了一口气后,默默地把这五个打开的纸条一个挨一个地摆在了我们面前。

我们都觉得老师刚才的神情古怪,但是当我们按顺序一个个地看完这五个纸条后,五个人全都忍不住"啊"的大叫——这五个纸条上写的全都一样,那便是彩线草鞋!

"这可怎么办才好啊?"老师等我们抬头,继续说,"你们五个人都想要同一样东西,这样一来,那就谁也不能给了。但是这样却反而让我感觉更幸福。是我的问题,我应该最开始就跟你们说要把那双鞋排除在外的。因为那双鞋并不单纯是漂亮玩具而已。虽然我不能给你们那双鞋,但是作为弥补,我就给你们讲讲这双小草鞋是怎么被做出来的,又是怎么到我手上的吧。真的很抱歉,请大家见谅,只要不是那双草鞋,其他什么东西都行,我这里的东西大家还喜欢什么,可以每个人带一样回去。"

"在你们眼里,这是一双特别可爱、特别漂亮的小草鞋,所以你们大家都很想要它吧?或许你们只是想把它当作自己玩偶的小小装饰吧?但是,这双漂亮可爱的小草鞋,其实一丝一线全都和着悲惨的血和泪。为了让你们好理解,我就按照时间顺序跟你们说了。请你们注意,这已经是七八年前的故事了……"

然后,老师给我们讲了这样的一个故事:

山口庄作是一条大路上的马车夫。

庄作的妻子很早就去世了,他和14岁的女儿小文两个人相依为命。幸好无论是从镇上到村里,还是从村里到镇上,庄作的这辆公共马车①都是这条路上唯一的交通工具。因此,父女二人的生活虽然略显寂寞,但还是安稳又快乐。

但是,自从路上出现了公共马车的竞争对手——公共汽车,乘客们就全都被速度快得多的汽车抢走了。现在还来坐他马车的人,只剩下那些不习惯坐汽车的老年人,以及没钱付汽车车费的穷人们。

从那以后,庄作家的日子也渐渐变得艰难起来。他只得把家里的两辆马车卖掉一辆,留下一匹比较年轻的马,让女儿小文牵着去帮别人干一些活。这才勉勉强强地能够维持生活。

屋漏偏逢连夜雨。有天晚上,小文刚要把马牵回马厩,也不知道马是受了什么惊吓,突然重重地踢在了小文的胸

---

① 公共马车,在固定的路线上运行,收取固定的运费,运送大量乘客的马车。

彩线草鞋

口上,以前这种事可从来都没发生过。庄作赶忙请医生来看病。医生说:"这是外伤导致的肋膜炎①,严重的话还会发展成肺病。你必须让她一直卧床休息,还要给她吃营养品滋补身体,什么活儿都不能让她干了。她只能安心、耐心地养病。"但这每一条都是庄作难以做到的。

庄作坐在女儿的枕边,低头望着女儿那如同死灰般毫无血色的小脸,一筹莫展。接下来的两三天里,他实在太担心小文了,根本没心思出去拉客,一直待在家里想办法。这么一来,他就更加赚不到钱了。庄作没有办法,只好又驾着马车到大路上去拉客赚钱。

一向既孝顺又温柔的小文望着爸爸那瘦骨嶙峋的背影,心里好难受啊!她一直在心里反复念叨着:"我真对不起爸爸啊!爸爸真可怜啊!我为什么要生病?"

小文多么希望自己的病能早点好起来。但是家里没钱,不能一直请医生来给她看病,就更别提给她买什么营养品了。庄作愁得日渐消瘦,小文也和爸爸一样日渐憔悴。家里总是被黑暗和忧愁笼罩着。尽管父女二人一直不断鼓励着彼此,但他们内心的无力也总会不知不觉地流露出来。

---

① 肋膜炎,也叫胸膜炎,是指由病毒、细菌或外伤等刺激胸膜所导致的胸膜炎症。胸腔内有时会有液体积聚。临床主要表现为胸痛、咳嗽、胸闷、气急,甚至呼吸困难。多见于青年人和儿童。

他们就这样过着艰难的生活,一直持续到十二月的最后一天,庄作的马车像往常一样停在村口拉客,这时有一位老人坐了上来。这位老人是村里大酒坊的老板,他开心地告诉庄作,自己的小女儿要嫁人了,他要去镇上的银行给她取钱。

等到马车停在镇上的银行门口后,老人边下车边问庄作:"车夫师傅,你几点回村里啊?我现在就去银行,然后在镇上买点东西就马上回村了。你能在镇上再等我一下吗?我实在是坐不惯那个叫'汽车'的东西。"庄作赶忙应答:"当然可以啊。反正也没有急着回去的客人,那我就在这里等您!"

老人欢天喜地地走向银行的大门,庄作一脸羡慕地目送老人进去。玻璃大门反射着刺眼的阳光,大幅度地来回晃动了几下之后终于关上了。庄作扬起了鞭子,把马车赶到十字路口的边上静静等待。

"也不知道这位老人要取多少钱呢?毕竟是为女儿出嫁做准备,估计得要三百或者五百日元吧!"庄作坐在马车上继续想着,"我们家哪怕要有这钱一半的一半,都不知道能帮上多大的忙!哎,钱这东西,真是净往有钱人家里钻啊!人家的女儿带着丰厚的嫁妆,风风光光地出嫁。而我家小文却因为拼命干活而病倒,连药都没钱买。这可

彩线草鞋

真是天差地别啊！这个世界可真是不公平！"

不知不觉已经过了两三个小时了，庄作还在那胡思乱想。刚才那位老人满面春光地从对面街上走了回来。看来他可真没吝惜钱财，双手提满了货物。

老人笑着对庄作说："哎，车夫师傅，抱歉让你久等啦！本来我一直想反正女儿也是要嫁去东京的，什么都在那边买好了。但我刚才随便去布料店看看，听店员推销一不留神就买了这么多！你是不是还要继续等别的客人？但我想让我家女儿早点看到我给她买的东西。这样好不好？我给你出五人份的钱，你就直接拉我回村吧！行吗？"

庄作听了心想："反正就算我一直在这等，也不一定就能等到客人。给我五人份的钱，我也不亏。而且我还能早点回家，小文肯定也会很高兴。"于是他赶忙回答："好的，老板，那我们这就出发！"

庄作扬起马鞭，朝马背上甩了一鞭子，马车就朝着回村的大路径直出发了。

"咯哒、咯哒、咯哒……"马车有节奏地摇晃着，冬日的阳光从车篷的缝隙里照了进来，暖洋洋的，这样的环境不免让人发困。离开镇上走了一阵，路程刚刚过半，刚才还精神十足地和庄作聊着天的老人，便开始打起了瞌睡。坐在驾驶座上的庄作，看老人不再讲话，思绪就又回到刚才想的事情上了:"啊,我真想要钱啊!我哪怕有这人钱的一半的一半就好了!"

冬日白天短,等马车回到村子的时候,天马上要黑了。庄作把马车停在村公所①前的十字路口附近,摇醒了还在打瞌睡的老人。老人被吓了一跳,睁开了惺忪的睡眼,慌慌张张地双手提起货品下了马车,他摸索着怀里的钱包要掏车费。但不知为什么,老人记得清清楚楚,上车前一直随身带着的钱包,不知什么时候却不在怀里了。

老人吃惊地大喊:"啊呀!怎么回事?我明明记得是放在这里的!"他一下子把所有的东西都扔到了地上,然后开始在怀里上上下下地到处翻找。

庄作听他说"没有钱"也大吃一惊。因为他一直想着"我要钱,我要钱",所以即便他没偷老人的钱,心里也总觉得有些过意不去。庄作走到老人身旁,惴惴不安地问:"我说,老板啊……你是不是掉在哪里了啊?""不,不会的!我可是仔仔细细地裹在钱腰带②里了。但是,以防万一,你能帮我到马车里看看吗?我想会不会掉在车厢的哪里了呀?"

庄作的马车上常年备着灯笼,他点亮灯笼,钻进了昏

---

① 村公所,日本町村职员的公务所、办事处。
② 钱腰带,用来装钱或贵重物品、缠在腹部的带状袋子。

暗的车厢里,在里面窸窸窣窣地找了半天,最后走出来对老人说:"怎么回事啊?车里也没有!该不会是在镇上被偷走了吧?"

庄作说话的声音有些微微颤抖,脸色也有些苍白,好在老人没有发现他的异样。

第二天一早,庄作起得比平常晚,也没出去拉车,一直在心事重重地思考着什么。看到爸爸这样,小文很担心:"爸爸,你怎么了?"庄作回答说:"没什么,就是不想拉活,所以今天就休息一天吧!"然而,实际上庄作是害怕再看到马车,以及那个掉在车座后面的钱包。钱包,深深地刺痛了庄作的良心!

庄作也想过:"我就这么说:'我今天打扫马车的时候,发现了这个钱包。'然后还给那个老板吧。"但一向老实的庄作,其实连这点谎都撒不好。而且,庄作的心里也很清楚:只要有了这些钱,就能给小文治病了。

庄作又想:"反正那个老板也认为是被人偷了。况且一个那么大的老板,就算没了这些钱,他也一点都不受影响吧。"他就这么说服着自己,但又同时咒骂自己的这双手,就是这双手,把掉在车上的钱包偷偷塞到了车座后面。最终,对女儿的慈爱之心战胜了良心,庄作不受控制地开始花这笔钱了。

庄作从镇上请来了呼吸道专科医生到家里给小文检查病情，他还给小文买了很多他从来都没买过的营养品，小文的病情得以迅速好转。但小文觉得有点不可思议："为什么家里会突然多出来这么多钱？"小文虽然聪明伶俐，但她毕竟只是个14岁的孩子，庄作对她说："我在以前参加的合会①里抽签中了大奖！"于是，小文天真地相信了。

可村里人的眼睛都是雪亮的。"庄作最近都没好好出去拉活，怎么还能那么大手笔地花钱啊？"大家马上和上次老人坐车丢钱包的事联系在了一起，一时间村里茶余饭后的谈话全都聚焦在了庄作身上。

很快，派出所的巡警就来到了庄作家，还要求庄作和他们一起去见镇上的警察。庄作生性胆小，镇上的警官稍加盘问，他就和盘托出、一一交代了。

但是，让人吃惊的是，面对庄作的坦白，警察却并没有简单接受。这是因为那位老人有他的一套说辞："钱包绝对不是掉的。因为我把钱包放进了钱腰带，然后紧紧地绑在了腰上，所以是不可能掉的，肯定是被偷的！"庄作心里很清楚：既然钱包是自己在车上捡到的，那老人肯定是

---

① 合会，日本旧时的一种轮转储蓄和信贷组织，也是一种互助方式。成员们约定相应的运作方式，定期参加合会的会议或讲课，并交纳约定数额的金钱。合会所收取的款项，以抽签或投标的方式分给相应的成员，在每个成员都得到合会金后，合会就解散。

彩线草鞋

没缠在钱腰带里,他一定是记错了。但是口说无凭,不管在什么时候什么地方,穷人都注定是最吃亏的。最终庄作还是被定下了"趁老人熟睡之际偷钱包"这个罪名,马上就被押送到看守所了。

庄作没想到最终自己会被扣上这么一个罪名,当真是肠子都要悔青了!庄作心里又是愤怒,又是懊恼,但比起对家中女儿小文的深深挂念,别的都不算什么了。现在庄作心里最放不下的就是被丢在家里孤零零的小文了:"小文好不容易因为有了药和营养品,才刚刚能够从被窝里坐起来,现在她知道了这事,不知道得有多担心我啊!家里出了这么大的事,她会不会急得病情复发,又或者变得更严重呢?她身边也没有一个人照顾她,她会不会饿肚子啊?"

一想到这些,庄作就担心得吃不下,睡不着。他的眼前时不时浮现出这样一幕:村里那些冷漠的村民们全都在嘲笑小文,本就瘦小的女儿在村人的指指点点中,根本抬不起头来,毫无立足之地……庄作越想越害怕。

于是,就在庄作要被押送到监狱的前一晚,他实在忍耐不住——逃跑了!

这个不幸的父亲刚刚一脚踏进自己的家门,就又被一路追来的警察给逮捕了。逃跑罪加一等,所以不用说,庄作身上的刑期加长了。总之,庄作在第二年春天被判处了三年有期徒刑，即将开始服刑。

在这期间，庄作只见过小文一次。那是他还被关在看守所里等待判决的时候，小文即将被收容到镇里的肺病诊所接受免费的救助治疗①。庄作永生都不会忘记那一幕：在监狱冰冷的探监室里，小文那张瘦得只剩皮包骨的小脸，就像刀子一般深深地刺进了庄作的心！他只是稍微看了小文一眼便再也无法直视她。

从那以后，庄作再也没见过女儿了。每当庄作想起自己可怜的女儿，就会忘了监狱的墙壁有多么高多么厚，戒备有多么森严，也常常会忘了其实自己只是个阶下囚，比女儿的处境不知还要凄惨多少倍。他都不知道策划了多少次越狱，想要出去看女儿一眼。庄作一次次不断尝试越狱，从未放弃过，但可悲的是，每次都在进行到一半的时候就被狱警发现了，因此监狱越发加强了对庄作的监视力度。

跟庄作关在同一个牢房里的狱友对他说："1051，你要是那么想出去，我教你，祈祷就行！你用草或者线头什么的做一双小草鞋。只要你一直带着它，别被发现，你的愿望肯定能实现！"听到这话，庄作那心灰意冷的脸上浮现出重燃希望的笑容。于是打那以后，庄作就开始一心一意地努力收集线头了。

---

① 在日本，政府设立慈善医院免费为贫民治疗疾病。

彩线草鞋

　　庄作听说在监狱的劳改工场里有用机器织布的地方。于是庄作就拜托了一位在那边进行劳改的犯人，让他每次带回来一点零碎的线头。但这里毕竟是监狱，除了监狱发的东西以外，别的东西都不允许犯人随便持有。要想拿到那一根小小的线头真是难于上青天！可怜的庄作只能三天一根、七天两根地慢慢积攒收集。等差不多够了，庄作小心地躲避着狱警的眼睛，专心致志地拼命编织，想要早日编织出一双小小的草鞋。

　　就在庄作编小草鞋的这段日子里，他眼前不断闪现出小文的模样。但让他感到诧异的是，浮现在他眼前的女儿形象，既不是他在探监室里看到的瘦弱模样，也不是想象中小文现在的样子——现在小文应该还在救助诊所里卧病在床吧，而是当妻子还在世时，小文才七八岁时候的可爱模样。当那个梳着娃娃头、天真烂漫的小文出现在庄作眼前的时候，庄作已经完全忘了手里的小草鞋只是用来祈祷的，他忍不住将父亲深沉的爱全部倾注在了上面，给鞋子编织出了像艺术品一样美丽的色彩和图案。

　　从此，庄作像变了一个人一样，变得温顺、安静起来，这些变化很快就被狱警和训导员看在了眼里。最后，为了奖励庄作严格遵守监狱守则，也服从一切工作安排，监狱决定给他减刑五分之一，可以比原定提早半年出狱。听到这个好消息时，庄作别提有多么吃惊、多么欣喜了！

庄作把小草鞋贴近胸口："啊！我的祈祷果然显灵了！"

在经历了漫长的牢狱生活之后，庄作早已变得死气沉沉，本来他感觉生活毫无奔头了。直到现在，他终于可以尽情畅想今后和小文一起如何打造属于他们父女俩的温馨小家了！

庄作想着："小文已经住院两年了，现在她的病应该全都好了。要是这样的话，我也不再回村了，我就在镇上找个什么工作做吧。我就拿监狱给我的劳动报酬[①]作为本钱，应该够开一家给木屐换齿[②]的店吧。最重要的是，我要是回去见到小文，她得有多惊喜啊！"

但是……

冥冥之中，有一件事已经在等着他了。

这一天终于来了，庄作终于要走出黑暗的监狱，重返光明的人间了！就在他出狱的当天，庄作一早就被召唤到了监狱长的面前。

狱长对他说："山口，你今天终于要出狱了。真是可喜可贺啊！但是，在你出狱之前，我有件事必须要告诉你……"

[①] 劳动报酬，在日本，罪犯在监狱服刑期间最主要的一项收入，劳动报酬和罪犯劳动情况直接挂钩，原则上多劳多得。
[②] 给木屐换齿，指修理木屐，给木屐更换鞋底木齿。

庄作恭顺地回答："嗯，好的。"可是狱长一次次欲言又止。庄作困惑地望着狱长，狱长一直在回避着庄作疑惑的视线，就好像庄作身上长满了锋利的刀剑一般。最终，狱长还是张了口："你说你出狱之后要马上去救助诊所看你的女儿，是吧？但是……但是……其实你女儿已经不在那儿了……哎，怎么说呢，真可怜啊，她早已经死了。"

"什么？"一瞬间，庄作停止了呼吸，顿觉天旋地转，身体一晃，差点栽倒在地。他费力地用桌角勉强支撑住身体，用尽全身的力气嘶吼道："小文死了？！小文……你在骗我！"庄作此时都有些忘了站在他面前的是狱长了。

狱长深深地叹了口气："她是去年十二月二十日死的。到现在都快一年了。其实我应该早点告诉你的，可是我考虑到你的心情，实在是无法跟你开口啊！"

"十二月二十日！——那一天……那一天，就是我做好那双草鞋的日子啊！就在这双彩线鞋做好的那天，我家小文却躺在诊所冰冷的病床上，一个人……一个人孤苦伶仃地死去了。而我一直，到底是为了什么在祈祷，为了什么而牵挂？天啊……"想到这里，庄作的胸中不禁燃起了熊熊怒火，泪水像瀑布一样倾泻而下。他紧紧地抓住旁边的桌子，像个孩子一样号啕大哭。

彩线草鞋

此时庄作的心里已是万念俱灰、如同槁木："出狱以后，我该去哪里呢？我还有什么目标，还有什么期待能活在世上呢？我的小文，我的女儿已经不在这个世界上了！小文已经死了！……"

看着庄作悲痛欲绝的样子，狱长也被悲伤笼罩，对眼前的这个男人充满了同情。于是狱长主动提出想先带他去自己家安置。庄作没有了小文，在这世上已经没有任何希望，没有任何牵挂了，他听从狱长的建议，像个提线木偶一般被狱长带回了家。

此时的庄作俨然一具行尸走肉，他的灵魂已经黯淡无光。可就在走到狱长家大门的时候，庄作的灵魂却被一束光照亮了！他看到迎面跳过来一个少女，庄作发出了惊呼："啊！这人是谁？为何和小文长得如此相似！"

这个女孩是狱长夫人的侄女，从七岁起被狱长夫妻领回家收养。在庄作眼里，这个女孩不仅长得极像小文，连年龄都和小文一样。庄作甚至都怀疑：眼前这个少女可能就是长大了的小文，她成了一名幸福的女学生，一直在等着见他吧？自从看到了这个少女，庄作的心里便又对这原本毫无希望的世界重新燃起了强烈的眷恋！

于是，这个孤独的父亲便对女孩投入了全身心的爱，而女孩作为一个孤儿，她的内心也不可能不被打动。于是，她和庄作越来越亲近。当他们两个人在一起聊天时,简直就像亲生父女一般亲密。

有一天,庄作把一直小心收藏在身上的彩线草鞋,连同自己的悲惨身世一同"传"给了女孩。而这一天,正好是女孩从女子小学毕业,即将启程前往东京念初中的前一天。当天庄作有点感冒,一直在昏昏沉睡。然而第二天一早,他就说:"我好啦!"然后背着女孩的全部行李,一直把她送到了大巴车的停车场。其实庄作身体还是不舒服,只不过怕女孩担心,骗了她。

就要分别了,庄作动情地说:"小姐,你一定要保重身体、健健康康地生活啊!请你带着我这个老头和小文的两份祝福,一直幸福下去!"

那个时候,庄作或许知道自己已是病入膏肓。在女孩出发后的当晚,庄作就发起了高烧,病倒了。医生说是急性肺炎。在发病之后的第三天,庄作便过世了。现在,这双彩线草鞋对于女孩来说,已经是庄作留给她的唯一遗物了。

"这个女孩是谁呢?大家应该都已经猜到了吧?我之所以把这双草鞋当作宝贝珍藏,就是这个缘故。庄作爸爸虽然已经过世了,但我看着这双草鞋,就感觉还能和他的灵魂说话。我一直在对他说:'爸爸,我现在非常健康!而且我也非常幸福！您放心吧！'"

老师讲完了，美丽的脸庞上泛起一片绯红。我们也知道老师非常幸福。因为老师这次就是因为要结婚了，才从学校辞职的呢。

暑假日记

八月一日

　　不知不觉间暑假已经过了十天了，现在回想一下这十天里我究竟做了些什么，我感觉自己好像什么都没做。作业必须要做了，一直想读的书还没读，但是自从前天宽子和贞子跟我说他们外出避暑了之后，我就一点也不想做这些事了，感觉做什么都提不起兴致。为什么我们家就哪里都不让我去呢？我又不是生在了穷人家。

　　今天早晨妈妈还责备我说："你都十六岁了，却一点都不帮妈妈做家务。"但妈妈却忘了，我十六岁了，家里却一次远门都没让我出去过呢。

　　宽子来信说，她现在每天都要写一首和歌①。贞子和君

---

① 和歌，由古代中国的乐府诗经过不断和日本文化融和发展而来，在日本逐渐定型，是长歌、短歌、旋头歌、片歌等的总称。大多是指以31个音为定型的短歌。

子也来信说，她们已经画了三幅素描了。这有什么了不起的。要是我也能去箱根、轻井泽这些地方，不管多少和歌我都能写出来，不管多少素描我也都能画出来！但是，我就只能被圈在这么热的东京，还每天都过着毫无变化、平静如水的生活，我就算想做什么，也压根什么都做不了。我比起她们，才华一点都不差，就是因为不能出去，我才输给她们，一想到这，我就愤愤不平。

我越发没心思做事了，直接扔下笔走到了院子里。小正和小爱春天时撒下的千鸟草①含着花苞就枯萎了。我仅仅三天没给它浇水，它就枯了，真是小气的花，气得我摘下了一枝。

我做什么都觉得无聊，做什么都闷闷不乐。不知道为什么，我感觉就连大丽菊②，颜色看起来都很是扎眼。

八月五日

早上，藤井娟子给我寄来了一封信，信上写道："我妈妈生病了，所以我不能出门。不知道你是不是方便，我能

---

① 千鸟草，毛茛科，花穗是直立型的，在长穗上密布小花。据说是因为具有长管型的花朵，犹如千鸟飞翔的样子才得名。颜色有蓝色、紫色、粉色、白色等，是英国花园流派的代表型品种。
② 大丽菊，菊科，又称天竺牡丹、西番莲，头状花序中央有无数黄色的管状小花，边缘是长而卷曲的舌状花，有红、黄、橙、紫、白等色。原产于墨西哥，墨西哥人把它视为大方、富丽的象征，将它尊为国花。

不能邀请你来我家里玩呢？"我看了之后心想：难道藤井同学也哪里都去不了吗？

可能就因为我们都留在东京，本来平时我和娟子并不算亲近，但现在她在我心里突然一下子变得亲切起来。我跟妈妈央求着要过去，妈妈回答说："你想去就去吧。"然后想了一下，又补充说："娟子的妈妈生病了，你过去探望的时候，摘一些院子里的花带过去，送给她的妈妈吧。"说完妈妈便拿着花剪去院子里帮我剪花了。也许因为我最近都没心思侍弄花，我总觉得院子的花都没以前开得那么好了，就带这些花去看望她的妈妈，我心里有些过意不去。

但是，我到了娟子家，娟子的妈妈看到这些花，却开心得不得了，嘴里一直夸着："真漂亮！太漂亮了！"我看着她妈妈，更加觉得难过了，后悔地想着："我这段时间为什么没多花些工夫把花养得更漂亮些呢？"

娟子的家里根本就没有院子，就是小小的长屋，还只有两间房间，大的一间有六张榻榻米大，她的妈妈就躺在那里，而娟子就坐在她妈妈的枕边，正把作文抄写在稿纸上。看到我带来的花，娟子眼里放出兴奋的光芒，说："太好了！我可以把这些花作为素描的素材了！"看到这些，我对自己的妈妈产生了深深的歉意，甚至都想哭了。我还有同学住在这样狭小又闷热的地方，还要一边照顾生病的妈妈，一边写作业。而我却还对妈妈满腹牢骚，我太不懂事了，真的太不懂事了！我要从今天开始脱胎换骨！

我在娟子家一直玩到了傍晚，娟子正好也要去帮妈妈取药，于是我们便一起走到了电车站，然后才互相挥手道了别。分别的时候，我们两人还约好了要一起画孔雀草①呢。虽然今天只有半天时间，但我完完全全地喜欢上娟子了！

我回到家后，马上对妈妈说："妈妈，我来照看小富吧！"听到这话，妈妈露出了惊讶的神情。这时，我真想对妈妈说："妈妈，对不起！"我背着小富，帮妈妈去菜店买菜了。南瓜特别沉，但我还是咬着牙提回了家。妈妈开心地接过南瓜说："哎呀，脸这么红，肯定很热吧，真是辛苦你了！"我也很开心，而且感到心里的阴霾被一扫而光，真是久违的畅快！

八月七日

今天也不能输给前天，我又早早地起床了，还干了很多活：我给花浇了水，又洗了衣服，还和小爱一起用抹布

---

① 孔雀草，菊科，羽状复叶，小叶披针形。花色有红褐、黄褐、淡黄、紫红色斑点等。花形与万寿菊相似，但花朵较小而繁多。

暑假日记

擦了走廊①地板，啊！心情真舒畅！

我现在一点都不为不能外出避暑而伤心了。我每天都精力充沛，心情也很愉快。我现在觉得："像我这样身体健康的少女，要是因为这么点炎热就逃跑，那可太丢人了！"我们必须要拥有能防备任何情况的健康的精神和肉体。而这些，是现在的避暑胜地无论如何都不能给我们的。

傍晚，我们几个正坐在走廊地板上唱在学校里学的歌，小利突然开心地大喊道："明天的牵牛花，可是我的年龄哦！"我还在纳闷，这是怎么一回事呢？想了一会才明白，哦！原来明天一早牵牛花会开九朵，这和小利的年龄是一样的啊！

小爱也告诉我："大丽菊又结花骨朵了！"我赶忙跑过去看，果然大丽菊已经鼓起了红色的花苞。它还没长多高，就要开花了，这株大丽菊可真是心急啊！我就是因为它长得不高，又觉得它难看才讨厌它的呢。

我还顺便仔细数了数开在墙根的牵牛花的花苞，明早要开的其实是十二朵。如果开十二朵的话，那就成了小正的年龄了，可小利还一直在期待着呢。如果她知道不是九

---

① 日式走廊一般分为两个部分，下面铺着细长木板，上面有房檐的走廊可作为阳台。客厅与走廊中间隔着拉窗。走廊在白天直接与外部相连，夜晚时可以关闭防雨门板，从而将走廊纳入内部空间。坐在走廊上，不必出门便可享受外面的风景，冬有暖阳，夏有凉风。

朵，一定非常失望。我这么想着，就悄悄地采下了其中的三朵。可这么一来，我又觉得很对不起牵牛花。

八月十三日

妈妈让我下午帮她去番町①的四郎叔叔家跑个腿。因为四郎叔叔刚刚搬到那边，我不知道路怎么走，没想到阴差阳错走到了贞子家的门口。门口挂着写有"村田雄藏"的牌子，我知道这是贞子爸爸的名字，我也知道她爸爸非常有名，但我却没想到她家居然会这么气派。从大门望进去，老远都望不到玄关。贞子住在这么大的房子里，还有这么宽敞的庭院，家里这么凉爽，她还要特意外出去避暑；而娟子却只能窝在又小又闷热的家里，哪里都不能去，这个世界可真奇怪！而且即使贞子待在家，也根本什么家务都不用做，她一点都不会觉得热啊……我的心情立刻变得复杂起来。

我在叔叔家一边喝着冰水，一边聊起了这事。叔叔听了，便说："就是，就是。现在这个世道真是全都不对了。小路，那你觉得该怎么办呢？"

---

① 番町，东京千代田区西部的地名，在江户时代是收入微薄、守卫都城的武士们的聚居地。明治以后，作为高级住宅用地发展起来。

暑假日记

八月十八日

虽然现在还只是八月中旬，但从早上开始就像秋天一样，一直下着细雨。给人感觉夏天已经过去了似的，所以我总觉得有些坐不住，雨后的空气已经变得清新了，真的好清爽。而且，更让我开心的是，我所有的作业到今天全都做完了！暑假还剩下十二天呢，在这接下来的十二天里，我就尽情地读喜欢的书吧！

今天晚饭的时候，我问爸爸："我可以去图书馆吗？"爸爸说："可以啊。"而且爸爸还说要给我买坐电车的次数券①。图书馆里有很多我喜欢看的书，要是能去的话，就真的太棒了！那么我就在每天中午前帮妈妈把家务活都做好，然后每天中午都去图书馆吧。这样，傍晚就可以早点回来。

晚上，我们几个人坐在走廊的地板上点纸烟花②玩，那些找不到家的萤火虫全都轻飘飘地飞进了走廊。看来这些都是幸存的萤火虫，因为它们已经没什么力气了，小正用团扇轻轻一拍，它们纷纷坠落下来。

---

① 次数券，即折扣票，适用于电车、地铁等，有效期多数为三个月。一般10回的价钱可以乘车11次。
② 纸烟花，指在纸中捻入火药，可手持的烟花。点燃后会发出像花一样的闪光。在日本一般在夏天燃放。

八月二十日

　　我从昨天开始往返图书馆了。昨天我因为不太熟悉，还有些不好意思，今天我已经完全熟悉了。可能因为现在是暑假，图书馆里人很少，并且全都是比我年长很多的大人们。他们每个人真的都在非常安静、非常专心地读书。我到了这里才发现，跟他们相比，我平常在学习的时候，真的是太不聚精会神了。

　　今天我读了《海蒂》①，读完之后我都想去瑞士了。书上说："在瑞士的山上开着木犀草②的花。"于是我就回家对妈妈说了，没想到妈妈却说："在日本的山上，不是也有杜鹃花、紫藤花、龙胆花③……还有各种各样的花吗？"这么说来，倒确实是这样。如果有孩子在外国看到书上写着妈妈说的这番话，估计他们也会对他们的妈妈说："妈妈，书上说'在日本的山上，开着杜鹃花、龙胆花等等'，真好啊！"我都不知道身边的杜鹃花和龙胆花其实也很美，就因为习惯了身边的东西，根本就发现不了它们的美，对

---

① 《海蒂》，瑞士儿童文学作家约翰娜·斯比丽创作的长篇小说，全书分为两部：《海蒂的学习和漫游岁月》和《海蒂学以致用》。
② 木犀草，木犀草科，开穗状清香的小花，花有白色、淡黄白色、橙红色、红色。原产于北非，于江户时代被引入日本。
③ 龙胆花，龙胆科，花冠有蓝紫色、白色、紫色、浅蓝色。花呈古钟形或漏斗形，一片片一簇簇，有淡雅、素静之美。一般生长于高海拔处。

它们毫不在乎，却总是觉得别处的东西一定更美。

我这么跟妈妈一说，妈妈又说："日本可不只有在山上开的花，在三浦半岛①的三崎港②还开着水仙。"听到这里，我就想：哪怕一次也好，我真想躺在那些美丽的水仙花中间，聆听大海壮阔的海浪声啊！

八月二十四日

今天我跟妈妈讲了翰奈尔③在美梦中死去的故事，妈妈想了想，说："我听说要被冻死的人，是会做着美好的梦死去的。因为，我听说很久以前，你爸爸有一位朋友也是冻死的，他死的时候也是脸上带着微笑，看起来很开心……这么说来，对了，小路你还记得吗？之前你看过的读本里，那个卖火柴的小女孩不也是这样吗？"说到这，我甚至有点希望以后老了，能像翰奈尔和卖火柴的小女孩那样做着美好的梦死去，即使被冻死我都不怕。

---

① 三浦半岛，日本本州东南部向东南突出的半岛。东临东京湾，西濒相模湾，属神奈川县，是远洋渔业基地，也是著名的避寒和避暑胜地，沿海岸多海水浴场。
② 三崎港，盛产金枪鱼。
③ 翰奈尔，《翰奈尔升天》中的人物。该剧是德国著名剧作家、诺贝尔文学奖获得者盖哈特·霍普特曼的作品。

八月二十七日

今天我回家晚了,让妈妈担心了。我之所以回来晚,是因为在上野看到了一匹拉着大货车的马。那辆运货马车走在路上,车上堆满了各种形状的大石头,好像要运到哪里去。

我是在大马路上看到那匹马的。当时,它的嘴里吐着白沫,气喘吁吁的,而且它还有一条腿看起来像是受了伤,一瘸一拐的。它一边拖着那条瘸腿,一边痛苦又无奈地拉着车。看到这一幕,我不由自主地停下了脚步。我总觉得自己不能就这么视若无睹地擦肩而过,于是不受控制地跟在这辆马车后面,没有走原本的路,而是转向了去往博物馆的方向。

直到现在我也说不清楚自己当时的心情。但我确确实实是被马所吸引,情不自禁地走过去的。我真的很想对这匹马说些什么安慰的话(尽管现在想想这很可笑)。但如果我真的对马说了,它一定会忍不住哭出来的——这就像当我们正在拼尽全力地忍耐着一件悲伤的事时,如果有人用温柔的话语安慰我们,我们一定会绷不住爆发出来一样——我想这匹马也一定会这样哭出来的。于是伴随着"咯哒、咯哒"的一声重、一声轻的马蹄声,我一直呆呆地跟在马车后面走着。

当我们走到谷中①的斜坡路口时,我才猛地回过神来。同时,我觉得自己应该试试跟车夫说点什么。于是,我虽然有点害怕,但还是壮起胆子对车夫说:"您的马有条腿瘸了呢。"车夫听到后赶忙回过头看我,那是一张满是汗水、累得通红的脸。他回答说:"哦,它在路上受过伤。"他的声音比我想象的要轻,也要虚弱。

我继续胆怯地说道:"嗯……可是它看起来好像很痛苦啊。您必须得让它休息一下了吧……它也太可怜了!"我终于没忍住说了出来,但马上又意识到我这么说,车夫可能会生气。

车夫一边擦着头上的汗,一边停了下来,对我说:"唉,我当然知道它很可怜啊。但是,要是不在太阳落山前把这些石头运到地方,那连我自己都没饭吃了。"

车夫说完,伸出手充满怜爱地轻轻抚摸着马背,看到这,我心里不禁跟着难过了起来。我问道:"这些石头这么着急用吗?"车夫回答说:"嗯。松本先生家建了新房子,这些石头是要装饰在他家院子里的……如果我把松本先生的这批货送迟了,我可就要被工头给开除了。"

---

① 谷中,东京都台东区西北端的地名,保留着小工商业者风格的平民街道,寺庙和史迹也很多。

车夫说着，又强打起精神继续走了起来。马也拖着瘸腿跟在他后面。我一时不知道该说什么好，呆呆地站着，没多久就被他们远远地抛在了身后，孤零零地站在路边。透过白色的尘埃，我看着蹒跚而行的一人一马，心中百感交集。我觉得似乎还应该对那个人说些什么。"请好好爱惜这匹马。"不对，不是这个。那个人一直都想好好爱惜这匹马的，尽管他是这么想的，但他却没办法做到。所以，还是别说这句话了。那我该对他说些什么呢？

　　那个人已经筋疲力尽了，马也是，这些石头根本就不急，只是用来装饰院子的，他们却还要这么拼了命地运过去，再这么继续熬下去的话，人和马都会被累死的！逼得他们累死去装饰的院子，真的有存在的必要吗？

　　我不禁觉得眼前的一切都黯淡了下来，靠在旁边的板墙上无助地哭了起来。这时，不知从哪里走来一位十岁左右、很可爱的小姑娘，她一边跟我打招呼，一边一脸安慰地朝我挥手走了过来。看来小妹妹是以为我被妈妈骂了呢。真羡慕这样的孩子，他们看到别人流泪只能想到是被妈妈骂了，他们的心里是多么单纯和天真。虽然我在今天之前也是这样的。

八月三十日

　　过了今天和明天这两天，暑假就彻底结束了。一号就开学了，我决定今天不去图书馆了，在家做好开学的准备。这个暑假看起来很长，其实却很短暂。之所以感觉短暂是因为在这个暑假，我的内心一直很充实，绝不是因为我什么都没做。我从这四十天的假期里，获得了很多比金银财宝还宝贵的东西。

　　首先，我读了书，也做了运动，还帮妈妈做了很多家务。妈妈昨晚还对我说："多亏了小路，你真是帮了妈妈的大忙！"我觉得这是这个暑假里我最开心的事！还有一件开心的事，那就是在这个暑假，我和娟子成了特别好的朋友。我喜欢娟子，甚至发自内心地敬佩她。不管生活多贫苦，也绝不卑躬屈膝的人，值得我们尊敬。我亲近娟子就是因为她的这一点。我们不管在何时何地都不能丢失自尊心——可这又是最难的事。

　　每当我看到因为贫穷而不得不卑躬屈膝的人时，总会觉得很难过。而正是现在的社会让这些人变成这样，这个事实更加让我难过。

红色泳衣

志摩被安排去近藤先生府上做带小孩的女佣了，孤儿院的孩子们听说后全都非常羡慕她。在孤儿院有这样的规定：孤儿们一旦年满十岁，就必须马上离开孤儿院，分头开始工作。如果没有像近藤先生这样的慈善家过来申请孤儿去家里做用人，孩子们就只能当流动小贩，去沿街叫卖肥皂、牙刷等商品。

不管是热得喘不上气来的炎炎夏日，还是寒风刺骨的冬日清晨，流动小贩都要从早走到晚，一直走到把货卖光为止，这份工作不仅相当辛苦，还很难做——如果他们没有把商品全都顺利地推销出去，那回到孤儿院后，等待他们的就是院长的拳打脚踢和各种各样的惩罚。

志摩一天都没做过这种辛苦的流动小贩，就被如此大的"幸运之星"砸到头上，无论怎么说都非常令人羡慕。

一个男孩子一边往背货箱里塞货品，一边满脸羡慕地说："志摩，你可真幸福啊！你从今晚开始就不用再回这里了。"还有个女孩子把腿伸到旁边那块榻榻米上，也跟着嘟囔道："是啊，我也想去哪家人家家里做工，哪怕只是在大户人家家里住一晚也好啊！"孩子们你一言我一语地讨论了起来："那家人家一定是吃大米的吧？""肯定是！志摩去的那家可是有钱人家呢！""真好啊！""真羡慕！"

志摩按捺着兴奋的心情，她的心里仿佛有一头小鹿在四处乱撞。她静静地听着耳边的一片艳羡声。温馨的家庭、白米饭……这些都是志摩憧憬了多久的东西啊！志摩也在心里感叹："我可真幸运啊！我只要在这最后忍耐一下就行了。"

世事往往并不尽如人意。

当志摩被带到这户她期待已久的温馨、富饶的家庭时，却反而比以前更加清晰地认识到自己身为一名孤儿的孤独与落寞……

另外两个女佣尽管并无恶意，但是无论做什么事都会以"明明是从孤儿院出来的"为开头对志摩评头论足。什么"明明从是孤儿院出来的，怎么还打扮得这么时髦。""一直待在孤儿院里的人，什么都不懂，还总是一声不吭，畏畏缩缩的。"……

光是她俩也倒罢了，甚至连夫人也总是在客人到访时不经意地反复提及志摩的身世："我们要想雇人的话，不知道有多少人挤破头想进来呢。但是，我们希望能帮助到人嘛。如果她不来我家，就只能被逼着去当流动小贩了。让一个女孩子去干那种油嘴滑舌的活，只会让她变成一个轻佻的女人……是的，肯定是不知道她父母之类的亲人在哪里啦……她在三岁的时候，就被抛弃了。"

每每听到这样的话，志摩就会羞愧得无地自容、满脸通红。她感到自己仿佛被扔到了一个不同的世界里，一种难以形容的孤独感紧紧地缠绕着她。

这家的大小姐惠美子今年刚满十六岁。当大小姐跟父母撒娇索要东西，或是随心所欲地吃着志摩连看都没看过的点心时，志摩只能徒自羡慕或在旁边努力地吞咽着口水，每当这种时候，志摩就会在心里深深地叹一口气：没有父母的人是多么的不幸啊！

志摩在离开孤儿院之前，都还没亲眼见过"幸福的人"是什么样的。因为孤儿院里那二十六个少男少女都和她一样有着悲惨的过去，也都一样忍受着非人的待遇，所以在孤儿院的时候，她不会因为身世而感到自卑，也不会因此而感到难过。即便他们每天都只能吃黑色的大麦饭，毕竟也不是只有自己一个人必须吞下这难以下咽的饭。即便晚上睡觉的被褥又薄又冷，但一想到也不是只有自己独自忍受着寒冷，也就能咬咬牙忍耐下来了。

在近藤先生家和以前完全不同。尽管在这里她可以比在孤儿院晚起一个小时，但当志摩每天清晨开始干活的时候，只要一想到此刻就在这个家里，还有人躺在柔软的被褥里惬意地做着美梦，就马上会感到浓浓的困意袭来；每当她亲眼看到有人吃着自己根本吃不到的美食，或者每次看到有人坐在自己一整年才能坐上几次的餐桌时，她就会从内心深处感到极度的不满和"饥饿"。

志摩时常想："我要不还是回孤儿院算了！"但是，志摩的脑海中又马上浮现起上次有孩子没完成任务就逃回孤儿院时，院长勃然大怒的样子。她的大脑立马将这一幕重现：在志摩即将离开孤儿院的前两天，有个男孩子从铁匠铺逃回了孤儿院，被院长狠狠地暴打了一顿，最后还是一身伤痕地被铁匠给带了回去。志摩一向非常要强，自己当时那么扬扬得意地在朋友们面前离开孤儿院，她不想让朋友们看到自己仅仅是因为心里难受就逃了回去，那也太丢人了！至少她还是希望被朋友们羡慕着的。而且最重要的是，她对这里的生活仍旧充满了留恋，这也让她无法下定决心离开。

红色泳衣

在这三个月的时间里,志摩一直都在反复犹豫,直到今天,她还没做出选择,仍然留在这个家里。但是,这三个月里她感受到的所有"饥饿"和不幸,全都汇聚在她的内心深处,逐渐孕育出了一颗名为"嫉妒"的种子。她嫉妒那些幸福的人们,尤其是大小姐惠美子,志摩对她充满了憎恶和反感。

志摩也说不出为什么,唯独就是想给惠美子添麻烦。所以,她有时候看到惠美子扔在玄关的鞋子,会故意往鞋上抹泥巴弄脏鞋子。有时候,惠美子让志摩去寄信,那是一个粉红色的信封——看起来就充满了幸福,志摩会故意在怀里藏一整天才寄送出去。就这样,她总是做一些孩子们的小把戏来满足自己的报复心。

她常在心里暗暗发誓:"我要狠狠地作弄一次那个大小姐才过瘾!我要作弄她!就是要作弄她!"

这天,当一家人都已经围坐在饭桌前准备吃晚饭的时候,和朋友出门逛街的惠美子小姐才刚高高兴兴地回到家。她一边大声地宣布:"我回来啦!"一边欢快地走了过来。听到她那开心又爽朗的笑声,已经等了很久的近藤先生——惠美子小姐的父亲——迫不及待地问道:"怎么样?买到喜欢的东西了吗?"惠美子扬扬得意地回答:"是的,我们去了山羊高级服装店,看到有一套特别漂亮的衣服,我就和百合子一人买了一套。这可是最新款呢！"父亲说："快给我看看是什么样的！"

惠美子赶紧解开了手中抱着的大纸袋，里面是一个正方形的纸盒，她从纸盒里小心翼翼地把东西取了出来——那是一套颜色宛如烈火燃烧一般的红色泳衣。家里另一位小主人今年刚两岁，志摩正在桌边给小主人剔鱼肉里的刺，当她看到那鲜艳夺目的色彩，不禁激动得连呼吸都变得急促了起来。

惠美子得意地问："怎么样？漂不漂亮？"爸爸不禁赞叹道："喔，真是太美了！"妈妈在旁边插话道："不过，女儿啊，这衣服是不是有点太扎眼了啊？"惠美子开心地说："没事的，妈妈，这也就稍微有一点点扎眼吧，没关系的。"她一边说，一边开心地把泳衣放到自己的胸前比量起来："你们看，这泳衣多配我啊。我还买了配套的帽子、披肩呢。这顶帽子上什么装饰都没有，很简约很好看吧？爸爸。"

近藤先生捣蒜一般连连点头，不住地赞叹："嗯，好，真好！"惠美子听了摇晃着爸爸的膝盖撒娇："真讨厌，爸爸，你就会这么应付我。"然后她突然两眼放光，兴奋地说："爸爸，那我穿给你们看看吧，怎么样？"近藤先生充满宠溺地说："好啊，你快穿给我们看看。我今年不能跟你们一起去海水浴场了，那我就先在家里看看你穿新泳衣的样子

红色泳衣

吧！"惠美子也说："就是啊！不然你就不知道我在大矶^①游泳的时候穿得有多漂亮了，那怎么行呢！那爸爸你等着哦！"

惠美子怀抱着泳衣，像只小鹿一样轻盈地跳进了隔壁的套间。志摩的眼中燃起了嫉妒的火苗，她目送着惠美子兴奋的背影，心中愤愤地想："哼，看她都高兴成什么样了！"

志摩呆呆地站在那，都忘了继续喂小主人吃饭，眼神直愣愣地盯着惠美子消失的方向。直到小主人不耐烦地催促她："我要饭饭，饭饭！"她才如梦初醒，赶忙接着喂了起来。

主人一家吃好晚饭后，志摩回到了女佣房里，和其他女佣们坐成一排吃饭。一直到现在，志摩仍旧一言不发。那一抹红，那一套像火焰燃烧一般鲜艳的红色泳衣，一直在她眼前挥之不去。

志摩怅然若失地不断在心中重复着："大小姐竟然那么兴奋，大小姐竟然那么兴奋……"接着她突然灵光一闪："既然她那么期待去洗海水浴，那我让她去不成不就行了？要真是那样，那该有多解恨呐！"

---

① 大矶町，位于神奈川中南部，濒临相模湾的城镇。东海道五十三驿站之一，以海水浴场、别墅区、住宅区而闻名。

一条"妙计"从她的脑海中闪过:"如果那套泳衣没了呢……泳衣没了,那大小姐就不能去洗海水浴了,那她期待已久的事不就全都泡汤了吗?"想到这,志摩就像弹簧一样跳了起来:"我怎么才想到这个好主意呢?大小姐现在正在打电话,她的房间里一个人也没有,那套漂亮的红色泳衣现在正放在大小姐的梳妆台上,就趁这个时机,对!就趁这个时机,我把那套泳衣给扔了!扔到谁都不知道的地方去!"

志摩走出女佣房,蹑手蹑脚地走过去,她听到电话房里传出了惠美子兴奋的声音:"嗯,我明天一定去,肯定不会迟到。泳衣?嗯,我刚才已经试穿了。可漂亮了,特别合身!我爸爸都说我美得像一朵红牡丹呢!你也穿上试试啊。你皮肤白,肯定更合适!哎呀,我怎么会恭维你呢,这是真心话!"

志摩听着,一边撇着嘴嘲笑她,一边悄悄溜进了惠美子的房间。她用双手紧紧抱住了那个装泳衣的正方形纸盒,然后不顾一切地从后门冲了出去……

现在正是八月份,还不到八点钟,天色完全没有黑下来,大街上人来人往。即使志摩现在几乎兴奋得心神恍惚,她也知道不能在众目睽睽之下直接扔掉崭新的泳衣。"我得去人更少的地方才行。"

志摩就像被追赶的小鹿一样惊慌失措,总觉得身后有"猎手"在追捕她。于是,志摩不断穿过一条又一条的小路,不断往前奔跑,她根本无暇想到——自己这么拼命地奔跑,反而更加引人注意。

正当志摩穿过第三条小路,跑到一个大大的脏水潭前,想要喘一口气的时候,突然一只有力的大手按住了她的肩膀。身后传来了一个男人的声音:"喂,你要去哪?"志摩心中一惊:"糟了,被抓住了!"

在这千钧一发之际,志摩把抱在怀中的泳衣盒子用尽全力地扔进了那一大片脏水潭里。她的动作太快了,男人都没来得及拦住她。

火焰一般的红色泳衣在空中慢慢展开,就像蝙蝠在晚霞中展开了翅膀一样,当看到泳衣最终轻飘飘地落到脏水上时,志摩的心中满是抑制不住的兴奋。最后,她哇的一声放声大哭。

当晚十点多,志摩被带回了主人近藤先生的宅邸。抓住志摩的那位青年其实只是路过,只不过当他看到志摩抱着一个纯白色的纸盒在拼命地跑,就把她当成了小偷。

再说近藤先生家那边,惠美子小姐马上就发现泳衣不见了,然后一下子惊动了全家上下,所有人都知道了,但是没有人把这件事跟志摩联系起来,所以反而很久之后大

红色泳衣

家才发现志摩不见了。

夫人还特意将这位青年送到了玄关,一边对他鞠躬一边向他道歉:"真的非常抱歉,给您添了很大的麻烦!"接着又扭头对志摩说:"哎,你说你啊,还好不是被警察抓到。你要是被警察抓到的话,警察可不会这么轻易就把你送回家!你可真是太蠢了!"夫人看还有外人在,就只是这么简单训斥了她几句。

那位青年热心地帮志摩说着好话:"夫人,请您原谅她吧!我看这个姑娘是个倔强的孩子,直到现在她也一句话都没说。我猜,她一定是觉得您家小姐的泳衣实在是太漂亮了,自己也想要吧。虽然她偷了泳衣,但她应该是偷了以后又感到很害怕,所以才把它扔了。我想她扔到脏水里只是因为太害怕了,没有什么别的坏想法。"青年说完便回去了。

志摩被身后冰冷锋利的目光一路监视着回到了女佣房。她刚一进房间,女佣们又劈头盖脸地对她说:"你明天肯定要被送回孤儿院了。刚才夫人可是特别生气地说了好多遍:'果然不能雇那种地方出来的人!'你都没被夫人骂吧?那是因为你干的事实在是太出格了。你啊,果然还是最适合待在孤儿院里!"

但志摩却一点都不在乎这些话,因为她感到自己似乎完成了一项重大的任务,脸上甚至露出了满意的微笑。她确确实实把大小姐最喜欢的泳衣扔进了脏水里,这么一来,那套泳衣就根本不能穿了。"我终于让大小姐的海水浴计划泡汤了!"志摩心想。

突然,电话房里响起了急促的电话铃声,惠美子马上跑进了电话房。只听她说:"啊,是山羊高级服装店啊。真的吗?真的有啊!是和原来那套一模一样的吗?太好啦!那千万别搞错了,明早八点之前就一定要给我拿过来啊!要一整套齐全的哦。我是明早十点的火车,可千万别晚了,记清楚了哦!"

然后志摩又听到惠美子砰的一声关上了电话房的门,开心地跑进了她妈妈的房间,说:"妈妈!刚才山羊高级服装店来电话了,说还有一套一模一样的红泳衣!还说明早我出门坐火车之前他们就会送到家里来。"

此刻坐在女佣房中的志摩感到全身都僵硬了,惠美子的那些话一句一句狠狠地撞在她的心头。可悲的志摩啊,她到现在才知道:幸福富足的人,丢了一套泳衣,马上就能再拥有一套!

志摩感觉自己的心仿佛坠入了绝望的深渊,明天等待她的估计是院长的一顿暴打,那疼痛和恐惧就像乌云一般沉重地压在了她的心上……

杏子的浪漫故事

杏子的身世中没有任何一处模棱两可的地方，这对于她来说实在是太无趣了。十五岁的杏子是一个彻头彻尾的浪漫主义者。所以她很希望在自己的人生中也能有一些可以尽情幻想的地方。但是，杏子家里却完全没有一点黑暗的阴影，处处充满了阳光。家里有爷爷、奶奶、爸爸、妈妈、哥哥、姐姐、杏子和弟弟。这样一个三世同堂、充满天伦之乐的家庭，在这世上应该有无数个吧。并且，虽然谈不上是有钱人家，但杏子想要的东西基本上都会被满足。关于家里的一切事情，没有一样需要杏子担心。

如果自己的人生里能出现一些波澜，比如妈妈不爱自己啦，哥哥交往了恋人啦，姐姐和自己是同母异父，等等，那还有机会把自己的生活幻想成小说里那样。但事实却是：杏子说什么妈妈都同意，哥哥还只是个初中生，看过户籍之后,姐姐和自己也是同一个父亲。这么一来,自己既没机会被慈悲的侯爵[1]夫人所拯救,也没机会说要为了养活哥哥和姐姐而去辛苦工作了。生活说不上好也谈不上坏,还什么东西都不缺,杏子反而觉得这样和睦幸福的生活实在是无趣透顶。

"我真是太不幸了!"杏子总是发出这样奢侈的叹息,身在福中不知福。

"再见!""再见,明天见!"一天,杏子和朋友在家门口挥手道别,正准备走进大门,这时从大门里迎面走出了一个女人。她看起来大概有四十多岁,头发束到脑后,一层一层地缠成了发髻,一直垂到了后颈。现在都已经是十一月了,她却只穿了一件皱巴巴的法兰绒的单层和服。

杏子回过头去看那人离去的背影,低头琢磨着:"这人是谁啊?"自己家里还从没来过一个这么寒酸的人呢。杏子虽然觉得有些奇怪,但也并没太在意,就走进了大门。

这时,客厅里传来了妈妈的声音:"哎呀,她刚走你就回来了啊!你在我们家门口有没有碰到一位阿姨啊?"杏子回答道:"碰到了,我看到她正走出门。那位阿姨是从哪

---

[1] 爵位是在君主制的国家中,授予君主血统或对国家有功的人的名誉称号。在日本,爵位从明治到战前是等级制度的上层,共分为五等:公爵、侯爵、伯爵、子爵、男爵。侯爵是其中的第二位。

杏子的浪漫故事

里来的啊？""那位阿姨是以前我们家住在指谷町①时的邻居。她今天有点事过来，因为说想见见你再回去，所以一直等到刚才才走，真是太可惜了！"妈妈非常遗憾地说道。杏子疑惑地问："那位阿姨认识我吗？""是啊，不过那时候你还是个婴儿，所以你应该不记得了。她把你当成自己的孩子一样疼，还抱过你呢！"

当天她们就聊了这么多。在这之后过了半个月，杏子都快把这事给忘了，这时那位阿姨再一次来到了她家。因为当天正好是周日，杏子也在家，于是杏子就被妈妈叫来跟阿姨打招呼。

阿姨惊喜地仔细打量着杏子的脸，怀念地说："啊，这就是小杏啊！这要是在路上碰到了，我根本就认不出来啊！时间过得可真快啊！那时候小杏还那么小呢……"

杏子也不知道该说些什么，只好边笑边低下了头，这时妈妈在旁边帮着介绍说："阿姨不久后就要去北海道了。十二月二日出发，今天是特意来跟我们当面告别的。如果去了那边，以后就很难再见到你了，所以阿姨说今天一定要见你一面，就特意周日过来了。"

杏子赶忙一边说着："真对不起，让您费心了！"一边

---

① 指谷町，曾经位于东京都文京区的旧町名。根据昭和四十一年（1966）的町名变更，现在是白山町的1、2、4、5大道。

给阿姨鞠躬行礼。见她这样，阿姨热泪盈眶，她动情地说："真不知道下次再见是什么时候了。我可能这辈子再也不能回东京了。小杏，你从女子学校毕业以后，一定要去那边找我玩一次啊！我会等着你，一直到见到你的那一天！"

杏子听阿姨这么说，不由得觉得阿姨好可怜，感到自己的眼眶也湿润了。

杏子回房间之后，阿姨还跟妈妈低声聊了很久，最后才一个人回去了。杏子目送着阿姨的背影，心想："十二月的北海道应该已经下大雪了吧，阿姨上了年纪还要去那么远的地方啊。"想到这里，她的心底涌上了一种从未有过的伤感。

晚饭的时候，妈妈对白天没在家的爸爸说："今天坂田先生的夫人来我们家告别了。"妈妈打开了话头，大家全都开始谈论起这个阿姨的事情，说了好一阵子。姐姐说："那个阿姨真的好可怜啊，本来身体就不好，还要去那么远的北海道。"哥哥却说："不过，就算是去北海道也不用那么担心啊。听说那边的防寒设备一应俱全，比我们这里还要暖和得多呢！""但是，总归是要去又冷又不习惯的地方啊。"

这时妈妈看着杏子，突然眼前一亮："那这样，杏子，

杏子的浪漫故事

你给阿姨用毛线织个什么暖和的东西怎么样？如果跟阿姨说是你织的，她一定会非常高兴的！"杏子很爽快地答应了："好啊，没问题！那织什么好呢？""毛衣啦，围巾啦，这些都可以，总之要能保暖的。"这时姐姐从一旁插嘴打趣道："妈妈，不行！小杏现在开始织的话，什么披肩啊，围巾啊，她肯定织不完。对了，织个围腰①不错！对阿姨来说，比起织一半的毛衣，还是围腰更顶用！"杏子恼羞成怒地说："到二号之前不是还有两周吗？我就要织一件毛衣给阿姨！"

因为被姐姐取笑了，杏子便下决心为了争口气也一定要织出件毛衣给大家看看。于是她马上买来了毛线，第二天就开始卖力地织起了毛衣。女士毛衣和男士毛衣不一样，前面的地方必须要织得像贴身衬衫那样，这对杏子来说太难了。

杏子今天也是刚从学校回到家就马上坐在走廊地板上，拿出了毛线球，拼命地拨动着毛线针。这时哥哥也刚从学校回来，看她这样，就过来逗她说："小杏，你可真卖力啊！怎么样，能按时织完吗？""没问题的！我一定会让姐姐跟我道歉的！"哥哥一边笑着说："是吗？那你可太厉害啦！"一边蹲在了杏子身旁，最后一本正经地叹了一

---

① 围腰，用来束腰或使腰部保暖的织物。

口气说:"到底还是不可否认啊!一说是要织给这个阿姨的东西,你的干劲都跟平常完全不一样了。"杏子头也不抬地问:"怎么不一样啦?"

"要说怎么不一样嘛……"哥哥脸上露出了惊讶的神情:"难道你还一点都不知道吗?"

"不知道什么啊?"

"没什么,你要是不知道那就算了。妈妈一直保密的事,要是让我给说漏了,那可不好。"

刚刚还在专心织毛衣的杏子立刻停了下来,转过头看着哥哥的脸。人都是这样,越不告诉你,就越想知道。杏子忍不住想要问清楚,她使劲地摇晃着哥哥的膝盖,央求道:"到底是什么事?哥哥!快告诉我!""没有,就是小事而已,反正你很快就会知道了。""真讨厌!要是很快就能知道了,那你现在告诉我不就行了?好讨厌啊!你要是不告诉我……"

哥哥为难地皱起了眉头,说:"那我告诉你也可以……哎,可真难办呐……但是妈妈对这事一直守口如瓶,要是让我先走漏了风声那可就……""没事啦!我要是很快就能知道了,现在问不也行吗?""不,那可不一样。如果你长大之后再知道的话,那打击也会小一些吧。"哥哥居然这么说,这样一来杏子就更想知道到底是什么事了,于

杏子的浪漫故事

是她继续追问道:"但这是我自己的事,对吧?我自己的事别人都知道,就我自己不知道,这也太讨厌了!我不会受打击的,你就说吧!你要是怎么都不肯告诉我的话,那我就去问妈妈了!"

"你要是那么想知道的话,那我告诉你也行。"哥哥郑重其事地低头沉思了好久,才终于下定决心似的抬起头来对杏子说,"那我就瞒着妈妈告诉你吧。但你可不能因为这件事就灰心丧气啊!妈妈一直打算等你出嫁之后再告诉你的,所以你以后还是要装作什么都不知道啊!好吗?你能做到吗?"

哥哥一再地叮嘱杏子,这让她反而觉得有点害怕。但她今天无论如何都要知道真相,于是杏子毫不犹豫地把膝盖凑近了哥哥,同样一脸郑重地对哥哥保证说:"好,我能做到!""那我就说了,但你可不要吃惊啊!"

哥哥咽了一口唾沫,一边偷看杏子的表情一边终于说出了口:"真相就是——那位阿姨,才是你的亲生妈妈。她是一个不幸的人,在你还是个婴儿的时候,她的丈夫就去世了,所以她就拜托我们家收养了你,然后改嫁去了别的人家。当时她和我们家约定好了:一辈子都不会来看你。但是,最近她突然要去北海道了。估计她因此感到非常孤独,也更加想念你了吧。她上次来我们家的时候,就说要一直等到你从学校回来，我们劝她，她还不听，最后还是让我们硬生生给劝回去了。但她说无论如何都想再见你一面，所以前天又来了。我刚才说'还是不可否认啊'，就是这个原因。你还什么都不知道呢，正是因为你们之间有母子连心的感应，你才会这么拼命地干吧？以前可从来没看过你这样。"

"你撒谎！"杏子像是要把哥哥的声音给压下去一样，大声地否认道，"撒谎，撒谎！你骗我！"她的否定，只是因为她想继续追问，但又不敢，才不得不说出来的。杏子内心是想否定哥哥的话，并一笑置之的，但不知为什么，她脸上的肉却僵住了，根本笑不出来。

"我怎么可能骗你呢？是真的。你平常总是说：太平凡了，真没意思什么的。我每次听到你这么说，总会想：你什么都不知道，真可怜啊。也会想：如果你不久后知道了真实的身世，该有多吃惊啊！所以我一直都跟你说嘛：'那些奇怪的浪漫故事还是没有的好！如果真有了，那你可就得哭了！'"

"我才不会哭呢！你肯定全都是骗我的！""你觉得是骗你，那就当成是骗你的吧。那你就这么想吧。你要是这么坚信你现在的身世，这么喜欢我们家人的话那就再好不过啦！妈妈要是知道了该有多开心啊！"

杏子的浪漫故事

听哥哥说得这么恳切,杏子的心中突然涌上了一股强烈的悲伤。她在心里想着:不能哭!但还是感到整颗心被灼烧得滚烫,她终于忍不住哇的一声大哭了起来。

看到杏子大哭起来,哥哥慌忙哄道:"哎呀,骗你的,骗你的!我是逗你玩的。你别哭啊!刚才我全都是骗你的。"杏子一边伤心地啜泣,一边说:"没事,没事,没事。其实你们直接告诉我,不瞒着我也没事。"

"我知道了,知道了,知道了。真没办法,你还当真了。你刚才不也一直喊着'骗人,骗人'的吗?真的是骗你的。你平常总是说'想要浪漫故事,想要浪漫故事',所以我才会逗你的。好了,别哭了,你要是一直哭,给阿姨织的毛衣可就织不完了。"

被哥哥这么温柔地安慰着,杏子却哭得更大声了,她边哭边说:"我也不织什么毛衣了!我什么也不想给那个阿姨。你们所有人,所有人都只骗我一个人!"哥哥赶忙说:"我说的那些全都是假的,我收回。都是因为你总是喊着'浪漫故事、浪漫故事'的。"

不管哥哥怎么安慰她,从那天开始,杏子被阴霾笼罩的内心就再也无法放晴了。妈妈也安慰她说:"杏子你这样可不行啊,哥哥是逗你玩的,你还当真了……你要是当真了,妈妈那么辛辛苦苦地生了你,把你养大,我可要伤心了啊！"被妈妈这么一说，杏子也觉得很对不起妈妈。她也想过，自己应该确实是妈妈生的，也是妈妈养的没错。但她却无论如何也无法再像原来那样，对妈妈肆无忌惮地任性和撒娇了。

而且杏子还想起了以前她有个朋友对她说过："你们家只有你一个人长得和别人不一样呢。你的哥哥、姐姐都长得很像你妈妈，只有你一点都不像！""是的，我家人都说我长得像爷爷死去的弟弟，还说这颗痣和他老人家一模一样呢。"记得当时，她还那么平静地回答道。但现在她每每想到这件事，却会为此暗自琢磨："果然是因为只有我不是亲生的孩子啊！"

"哥哥说的是实话。可能就因为我太吃惊了，他才会哄我说是骗我的。"杏子不断地在心里寻思着，"那个阿姨可能真是我的亲生妈妈。她要不是我的妈妈，怎么会那么想见我呢？"但是，这也终归只是猜测而已。杏子开始了胡思乱想，有时会想跟那个阿姨一起去北海道，有时又会觉得阿姨把自己原本平静的生活搅得一团糟，而因此有些怨恨她。

"喂！不要老是那么愁眉苦脸的，振作起来嘛！你总是说'想要浪漫故事，想要浪漫故事'，我才稍微给你编了这么一段浪漫故事，你却变得这么垂头丧气的。你看吧，

杏子的浪漫故事

浪漫故事根本就不是什么好东西吧？还是什么都没有更好吧？你要是真想明白了，今后就不要再抱怨了，要感谢我们家的生活啊！"

哥哥用开玩笑的口吻来安慰她，但杏子只能落寞地苦笑。杏子打心底里期望能找回原来开朗的心情啊！可是现在却无论如何回不去了。

阿姨出发去北海道的日子一天比一天近了，但杏子织了一半的毛衣也不知道什么时候才能织完。从那之后，杏子变得非常害怕提起那个阿姨了。

看来杏子以后再也变不回原来那个快活的少女了。

坏星星下的孩子

当我第一次看到她在月光下轻轻抬起的脸庞,就有种似曾相识的感觉。

在离我家不远的蒲田町①附近,我经常能看到一群像她一样被人雇来给客人卖唱的孩子——穿着一模一样的又脏又穷酸的友禅印花仿毛斯纶和服,旧和服上全是补丁和破洞,脸上涂的白粉也早已被汗水冲得斑斑驳驳的,总是瑟瑟发抖地弯着腰走在路边。

我想可能是因为我常常能看到这样的孩子吧,但我却总觉得似乎在很久之前见过这张脸。我眼前的这个女孩是阿照。其实我已经记不得十年前阿照长什么样了。我知道了!之所以感觉好像在哪见过她,是因为她让我想起了她

---

① 蒲田町,东京南端,大田区内的一个地区。原东京都35区之一。面向多摩川,有羽田机场。日本有47个一级行政区:1都,1道,2府,43县。每个一级行政区下设若干个市、町、村。

姐姐阿岛的脸,当年的阿岛和现在的阿照一样大。而当年的阿照还只是个小婴儿,估计还不到两岁吧。

她们的父亲是在夜市摆摊卖纺织品的小贩。大家都说他从几岁开始就在一家很大的针织品批发店当学徒,在他终于可以用同一个老字号另立门户时,却因为犯了错被逐出店门。关于他究竟犯了什么错,大家众说纷纭:有人说他盗用了店里的公款,也有人说他娶了店里的女佣,也就是阿岛的妈妈。

自然也有人替他打抱不平:"那家老板也太小肚鸡肠了吧!"可是等到我跟阿岛的妈妈熟悉起来以后,她跟我说了实情:其实那家老板早就计划好了,要在阿岛的爸爸可以用同一个老字号另立门户之前,就说他犯了错来陷害他,然后把他赶出店。他们夫妻是中了那个老板的圈套。但阿岛的爸爸根本无处申冤,只能眼睁睁地看着自己十多年的辛苦化为泡影,凄凉地隐退到了阴冷的长屋里。阿岛的爸爸就是这样一个老实人,所以大家都觉得,就算他租店铺做买卖也干不好。

那一年的雨水特别多,一个月里能出去赚钱的日子都不到一半。他们家有三个孩子,在阿岛和阿照之间,还有一个叫健吉的男孩。一个农民房的旧仓房隔出了三间,他们一家五口就蜗居在其中一间只有四张半榻榻米的狭小房间里。

　　我到现在都忘不了那个下雨天遇到阿岛的样子。因为她没有雨具，所以没法去学校上学。阿岛的背上总是背着两岁的妹妹，手里牵着八岁的弟弟，呆呆地站在窄窄的房檐下，头顶的房檐上不停滑下一串串雨滴。

　　她之所以不能回家，是因为她爸爸在下雨天不能出去卖货，爸爸在家听着隔壁的土木匠在家里喝着烧酒大声唱着歌却无可奈何，只能在家里阴沉着脸。妈妈就对阿岛说："你爸爸心情不好，你出去吧！"于是阿岛只好出门。可她连把伞都没有，能去哪呢？

　　我总能看到她呆立在昏暗房檐下的小小身影，实在觉得可怜，便把她带回了自己家里。从此我和他们三姐弟就结下了不解之缘。从那以后，每到下雨天，她就会带着两个弟妹来到我家"避难"。因为我的工作是写童话，所以每月都会有儿童杂志寄到我家，阿岛应该也特别喜欢看这些杂志吧。三个孩子就这样跟我们夫妻二人一起度过下雨天的时光，一直等到他们爸爸自暴自弃地闷头睡起觉来，他们再偷偷回家。

　　阿岛跟我聊天时说起过她的理想：成为一名发型师。这个理想源自她不知从哪里听到并牢记的一句话："发型师是女性职业里收入最高的。"发型师既能引领时代的潮流，又不会被大家略带嘲笑地称为"女服务员"。再说了，阿岛的父母都是老实人，帮不了她什么忙，阿岛本身也不漂亮，因此发型师这个职业对阿岛来说是非常合适的。但话又说回来，相比于阿照，阿岛还是更好看一些。

他们的父亲终于打起了响亮的呼噜。往往这时，阿岛才会摇晃着背上大哭的婴儿，在雨中踉踉跄跄地跑回家去。我望着她瘦弱的背影，心中感到无比的辛酸……

那已经是很久以前的事了。而现在，就在这北风呼啸的腊月，在这八景坡①，一想到阿照正和卖唱的小伙伴们相拥着取暖，战战兢兢地躲闪着那些呼啸而过的亮闪闪的小汽车。小小的身板都快被大风吹跑了，在路上踉踉跄跄艰难地走着。每当眼前浮现起这样的场景，我就觉得阿照比当年的阿岛还要可怜！因为毕竟阿岛还有家可回，还有父母和兄弟姐妹。但是阿照呢？我和阿照不期而遇，从她那得知了她们一家的消息，原来阿照是因为当晚不敢回老板家，所以只好睡在了天寒地冻的马路上。

那是立春前一天寒冷的冬夜。

---

① 八景坡，现在位于东京大田区，大森站山王口前池上大道附近的坡道。很久以前，从这个坡上眺望风景极好，附近的大森海岸以及远处的千叶县房总半岛都能尽收眼底，因此被称为八景坡。在天祖神社的石阶旁有八景碑，上面刻着"笠岛夜雨、鲛州晴岚、大森暮雪、羽田归帆、六乡夕照、大井落雁、袖浦秋月、池上晚钟"八胜景。

坏星星下的孩子

那天我正好去住在矢口町①的阿姨家玩,因为跟阿姨聊得太开心以致忘了时间,等我准备回位于大森②的家时,已经接近凌晨一点了。出了蒲田町,进入大森以后有很长一段路,旁边就是工厂和空地。这段路人迹罕至,非常荒凉。虽然白天都不知道从这里路过了多少次,但当时是深更半夜,我的心里不觉也有些紧张。就在我走到离我家只剩三条马路的电机工厂的前面——当时我正紧紧地贴着白铁皮墙走——却突然发现前面有一个蹲着的黑影。我心里猛地一紧,赶快停下了脚步。定睛一看,却发现原来只是一个经常在这一带赶路的卖唱小孩。

我走了过去,俯下身问她:"你怎么了?你怎么睡在这里了啊?"这个女孩子听到后有气无力地抬起了脸。她之所以一直都没动,并不是因为她睡着了,而是因为她一直用袖子包住了脸取暖——实在是冻得抬不起头来。

我心生怜意:"你为什么不回家啊?待在这里的话,你可是会感冒的啊!"

小女孩吃力地张开了嘴唇,似乎要说什么,但却发不出声音,只能听到她牙齿一直打战的声音。可怜的小姑娘

---

① 矢口町,位于东京现在的大田区。1967年(昭和四十二年),莲沼町、矢口町、安方町、小林町、池上德持町各划分一部分合并为现行的东矢口。
② 大森,位于东京现在的大田区。1947年,大田区由当时的"大森区"和"蒲田区"合并而成。

只穿了一件夹和服①,在这寒夜刺骨的风中,她冻得根本就讲不出话来。

于是我也只能猜想她究竟发生了什么事才会回不了家。我又对她说:"那你跟阿姨一起回家吧!你待在这太冷了!好吗?跟我走吧!"

当时我就觉得这个女孩的面孔似曾相识,但我绝对想不到这居然就是阿照!

我把这个女孩带回家,赶紧让她去脚炉旁烤火,家里正好有乌冬,我做了一碗热气腾腾的面给她吃。等到她的身体终于缓过来了,就开始跟我聊天。她告诉我她出生在三河岛②。

"三河岛?"这个地方可以说是我的第二故乡!十年前,我们夫妻二人逃离了喧嚣的俗世,隐居在那个乡野角落,过起了只属于我们两个人的平淡小日子。

我赶忙问:"啊?三河岛,你出生在三河岛哪里啊?"

她答道:"町屋。"

我又继续追问:"町屋……门牌是几号?是哪一块?"

我刨根问底。现在的町屋可以说是三河岛的银座,街道繁华、酒绿灯红。但十年前那边还遍布贫民窟,只不过

---

① 夹和服,只带一层里子的和服。
② 三河岛,位于现在东京的荒川区。现荒川区西日暮里设有三河岛站。

坏星星下的孩子

现在贫民们都已经被赶到荒川区①的远郊了。那里的人们大多干着土木匠、捡废纸、在电影院里拉三弦②的活……像阿照的爸爸那样做小买卖的，都可以算是上等的工作呢。

"我也不知道门牌是几号……我只记得我家旁边有一口井，还有染坊的晒布场，然后……好像还有人偶店什么的。"

这下，我终于想起来了！当时我家旁边也有一家人偶店。这家店虽说叫人偶店，但不是卖做好的人偶。你们应该也在夜市看过吧？店里卖的都是些看起来就很廉价的木偶——用纸糊成木偶的手和脚，然后涂白了，放在垃圾场旁边晒干。哦，这么说来，在我家屋后的空地上，好像确实有染坊的晒布场。我还记得那边都是成排的长屋，里面住着很多人，拥挤不堪、嘈杂不已。孩子们在附近也没有玩耍的地方，正好附近的晒布架上挂满了染布，孩子们就在布下面的空隙里钻来钻去，为此还总是被染布匠训斥。

我成功地把阿照的回忆和我的回忆重合在了一起。也终于在我的脑海里唤醒了关于她一家的记忆。

---

① 荒川区，东京23区之一。位于隅田川右岸。
② 三弦，这里的三弦指日本三弦，一种传统拨弦乐器。由蒙上了猫皮或狗皮的琴腹和琴杆构成，有三根弦，用大拨子弹奏，是歌舞伎、能乐、木偶戏、民谣等日本传统曲艺不可缺少的伴奏乐器。相传它是由中国的三弦传到日本后改造而成的。

"啊！难道你就是……"

当然她肯定不是阿岛，因为阿岛当年就已经十一二岁了。"难道你就是卖针织品家的阿照？你是不是有一个姐姐叫阿岛？要真是这样的话，那你爸爸和你妈妈，我全都认识！"

听到我这话，阿照的表情复杂得难以形容。她瘦削的脸直接僵住了，差点就要哭出来了。这次意外遇见和她那些悲惨得难以与人言说的回忆交织在一起，她此刻的心情只能用"悲喜交加"来形容了吧！

阿照已经不太记得她四岁以前的事了。所以，别说是跟我的接触，就连当年每天照看她的姐姐阿岛，她都已经记不起来什么了。阿照记忆中的阿岛和我记忆中的不同，她记忆中的姐姐因为得了重病而被雇主赶回了老家，那时的姐姐又瘦又虚弱。

"姐姐在我很小的时候就去做学徒了。"

"是发型师吗？"

"没有，她没做发型师，而是去了茶馆。因为发型师在出师之前都不能赚钱，所以姐姐就去了能借到钱的地方。那时候爸爸被汽车撞成了重伤，所以……也是没有办法啊。"

坏星星下的孩子

　　阿照她们的爸爸有一天在水天宫①的夜市收摊回家，正当他走到车坡②的时候，有一辆小汽车从他的身后疾驰而来，把他狠狠撞倒在地，然后竟然连停都没停，转眼间就消失在了去往浅草方向的黑暗中。她们家根本就掏不出医疗费。于是，十五岁的阿岛就只能放弃自己长久以来的梦想，去了川越③的一家茶馆做学徒。阿岛年纪还小，长得又不漂亮，想借到很多钱肯定是很难的。

　　阿照又继续说："我爸爸受重伤的时候，正赶上妈妈马上要生孩子了。可能是因为那段时间妈妈嘴上一直念叨着：'这孩子要是这时候生下来可怎么办啊？'结果，这个婴儿生下来就是死的。而且生下来的样子非常惨，妈妈看了之后就直接疯了。爸爸说：'就是因为你妈不想生下这孩子，所以遭到了报应啊……'"

　　阿岛听说妈妈发疯了，只得从川越回到了老家。但她在那之后并没有一直在家里。她马不停蹄地又去了新的主人家，又去借了更多的债。当时阿照已经五岁了，有一些记忆了。

---

① 水天宫，位于日本东京日本桥蛎壳町的神社。
② 车坡，从凌云院（现在的东京文化会馆附近）到下寺通显性院前（现在的JR上野站）的下坡。
③ 川越，位于埼玉县中南部的城市。原来是酒井氏等的城下町，在松平信纲的时代进行修建后变得发达，有很多史迹和文化遗产。

在父母都生了病的那段日子里,家里唯一的儿子健吉只能代替爸爸去夜市卖货。健吉本来也应该像少年英雄故事里的那些主人公一样,成为一名正直优秀的好少年。但爸爸说他还是个孩子,不能去太远,就只让他在浅草公园①的边上出摊。但这反而害了他,他后来成了一个名副其实的小混混,最后都不怎么回家了。

在经历了这一番磨难之后,阿照爸爸的伤终于养好了。他一边坚持拄着拐杖,一边背着货出去卖。那段时光对阿照来说,是生下来头一次感受到快乐的日子。但不幸的是,那段美好的时光也仅仅维持了两年而已。正当阿照在心底盼望着哪一天爸爸回家能给她买一个烤大福②吃的时候,姐姐阿岛因为生病又从栃木③被赶回了家,这一次,姐姐得的是肺病。

看着女儿脸色惨白、昏睡不醒,妻子又时而说傻话,时而痴笑,原本心气就小的爸爸——多年来一直背负着全家生活重担艰难前行、内心里郁结了太多生活的苦的爸爸,最后一道心理防线在突然见到几年都没现身的健吉后,一

---

① 浅草公园,1873 年以浅草寺地区为中心修建的公园,划分为六个区。1880 年兴建了游览塔凌云阁,从大正到昭和年间先后兴建了浅草歌舞剧院、戏院等,此后迎来了它的全盛期。在 1945 年因战火荒废。
② 烤大福,指烤豆沙馅儿的年糕。
③ 栃木县位于关东地区北部,是内陆县,农业比较发达,工业主要集中在中部,旅游资源丰富。栃木市在栃木县南部。

下子全部崩塌。爸爸拿起了厨房里卷了厚刃的菜刀……

那时正值春天最美好的四月末。

妻子和大女儿根本没地方逃，爸爸杀了她们二人，却放走了他最心爱的健吉，最后这个可怜的男人割喉自尽。幸而阿照看到健吉一进家门，怕又被哥哥打骂，急忙跑到了邻居家……

当年只有九岁的阿照，作为姐姐欠债的抵押品被姐姐的主人带去了栃木。那家主人本来是想让阿照做看孩子的用人，可能后来又后悔了吧，因为阿照虽说已经九岁了，但是长得瘦小，容貌又不漂亮，最后就被那家主人转让给了现在的老板。阿照当时听说能去东京，还是非常开心的，于是她就被老板带去了东京。

那是一个万物萧条的秋天。

从那以后，直到今天阿照十一岁了，她都一直过着暗无天日的生活。如果阿照哪天赚不到老板规定的数额，回到家就没有饭吃，不仅如此，她还常常因为赚的钱不够被老板狠狠地揍一顿，甚至像今天这么冷的天，也会被赶到房顶的露天晒台上过夜。

我遇到她的那晚，她也是因为赚的钱不够而不敢回家。阿照那天和一个叫土师的七岁女孩一起出门赚钱。但是直到晚上，两个人也只赚到了老板要求的一人份的钱。两个人都已经饥肠辘辘，还冻得浑身发抖。小土师不知所措，开始抽抽搭搭地哭了起来。"妹妹好可怜啊！"阿照心疼她，于是她对土师说："土师，这些钱你都拿着，先回去吧。我的那份我自己再去赚，赚到了再回去！"

就这样，善良的阿照让土师先回去了，自己又孤身一人回到了镇上。但那时夜已经很深了，根本赚不到钱，阿照想回却不能回，只能无助地蹲靠在那个铁皮墙边，不知如何是好。

"我当时实在是太冷了，根本都没想到害怕。我心里还一直期待着：'哥哥会不会从黑暗中突然跳到我面前呢！'虽然最后哥哥没出现，但是阿姨您来救我是一样的！我当时没认出阿姨，因为小时候我还不认识您呢！"

即便健吉就是当年几乎引发灭门惨案的导火索，但他对阿照来说是这世上唯一的亲人了。阿照当年去了枥木，又被辗转卖到现在老板的手里，即使她一直都在这样暗无天日的日子里苦苦挣扎着，阿照的心里还是一直有一个难以舍弃的梦：唯一的亲人——哥哥健吉能出现在她面前！

"小健哥哥总有一天会回来救我的！"如果阿照连这个支撑她内心的梦都没了，那阿照恐怕就会变成一个阴郁乖僻的孩子了。

我听了故事后，心中百感交集："这么不幸的姑娘，我必须要亲手抚养她长大才行！"我们家的生活虽然也贫苦，但绝对不会让阿照遭罪！

第二天，我就去了镇里的警察局，拜托警察和我一起去找阿照的老板交涉。虽然阿照的老板老奸巨猾，但因为有警察插手，他也没敢狮子大开口为难我，所以我只用了比预想还少的钱，就把阿照从他手里赎出来带回了家。

回到家后，阿照洗掉了脸上斑驳的脂粉，脱掉了又脏又旧的友禅印花和服，她变成了全新的阿照！

我一边悉心照料她，等待她的身体恢复健康，一边为了让她进入小学学习而准备——每晚都教她识一些字。

但我很快发现，比起教阿照识字，还有更重要的东西需要先教给她。

那是昨晚发生的事。

吃完晚饭，我收拾好碗筷，从厨房走回卧室，看到阿照正在关遮雨窗，她关了一半却突然停下手，静静仰望着黑暗的夜空。

我好奇地问她："你在看什么呀？"

阿照回过头看着我，认真地回答："我在看天上的星星呢！"

阿照又转过头去继续仰望着夜空："我每次看到星星都会想到姐姐，也会想到她对我说的话。"

我又问:"什么话啊?"

阿照缓缓地说:"姐姐总是这么对我说:'我们之所以受了这么多苦,都是因为我们命中注定生在了坏星星的下面,我们就只能放弃了吧!'"

"什么?'坏星星的下面'?"

我轻轻走到了阿照身边,和她一起仰望着星空,不禁在嘴里又重复了一遍,这是不幸的阿岛在经历过悲惨的人生后最终选择放弃,并且也传达给妹妹的话:"坏星星的下面……"

这时,我突然醒悟过来——我必须要教给阿照很多很多事情,其中最重要的就是:绝对不能让她认为家人所遭受的这些不幸,是上天注定的,是逃不掉的命运,并且就此放弃!

更重要的是,一定要找到酿成这些悲剧的根!……

夜半流浪

一

正平在磨那个5寸①长钉的时候，真的完完全全就是想逮黄鼠狼的。因为就在第三条航道旁那些野草丛背阴的地方，他发现了黄鼠狼的身影。但是，弥作爷爷跟他说过："要想下圈套猎捕黄鼠狼，必须得付很高的狩猎税才行②。"正平以前就常在汐入川③里用鱼叉叉鲻鱼的小鱼苗，所以他就准备借助自己叉鱼的技巧，用5寸的长钉当小标枪来叉住④黄鼠狼。

从很久以前开始，正平就特别厌恶黄鼠狼。要说黄鼠

---

① 寸，长度单位。在中国，1寸≈3.33厘米；在日本，1寸≈3.03厘米。
② 在日本，狩猎税是向登记为狩猎者的人征收的一种税金，征收的税金作为各都道府县进行鸟兽保护和狩猎相关工作时的经费。
③ 汐入川，现在一般称仓敷川，是与海相连的运河。从江户时代开始，该运河使与江户、大阪相连的仓敷地区诞生了很多豪商。
④ 此举容易伤人，请勿模仿。

狼这家伙，总是会突然横穿小路，然后停下来，回过头用两只小贼眼蔑视地瞥人一眼，又突然扭头钻进草丛里跑掉，真是气人！更让人火大的是，它们还会趁人不注意钻进鸡舍，叼走最宝贝的鸡雏！正平真想不花钱就抓住它，更何况要是它的皮毛能卖个好价钱，谁都会想抓住它吧？

于是，正平行动起来了，到目前为止都进展顺利。他想："不能直接就用这根磨得发亮的长钉叉黄鼠狼，我得事先演练一下才行！"于是正平做了一个小小的3寸的靶子，悄悄潜进了神社后面的树林里，先独自练起了瞄准。可是这一幕却正巧被弹棉花家的贞治给撞个正着，真倒霉啊！

贞治和正平一样，都是小学六年级的学生。那天，贞治的爸爸让贞治骑自行车去别人家取回要重新弹的棉花。他正用自行车后座驮着棉花，从神社前面骑过。这时他突然有了尿意，于是就下了车，稍微往林子深处走了走，想要方便，正巧一眼就看到了正平的光头，贞治心想："他一个人在那里搞什么鬼呢？"

"正平！你干吗呢？"贞治一边喊一边走了过来："你往那个靶子上叉钉子是要干吗啊？"突然被贞治这么一问，正平一下子编不出瞎话，还没反应过来就说了实话："我要抓黄鼠狼！"

贞治露出了鄙夷的神情。"啊？"然后毫不留情地发出了嘲笑,"哈哈哈,就这东西能抓住黄鼠狼吗?黄鼠狼又不像靶子一样站在那一动不动!"

正平平常在学校跟贞治就没那么要好,今天听贞治这么一说,完全被他的话激怒了,心底不禁涌上了一股怒火,马上反击道:"不就是个黄鼠狼吗?就算它一直在移动,我也能抓到!"

"你不可能抓到!"

"我能抓到!"

"你要是能抓到,那你现在就在我眼前给我叉中个活动的东西看看!"

"那你就看好了!你随便定个什么东西,我还就偏偏叉中让你看看!"正平不服气地说……

于是,两人就这么一边吵着一边走到了大路上。

但是,他们俩嘴里的什么"活动的东西",在这大路上也不可能马上就能找到。更何况,正平也不能胡乱地叉个什么东西给贞治看。于是,贞治就说:"那我就骑自行车从你面前骑过,你试试能不能叉到自行车上。"

其实两个人都只是嘴上不服输而已。贞治觉得正平的身手一直都不敏捷,就断定他做不到。而正平也完全没料到贞治会这么直接地嘲笑自己,于是他就在心里盘算:"谁让你总是炫耀你家新买的自行车,我就叉破你的轮胎,好让你爸教训你！"纯属小孩子赌气而已。

但是，结果却让两个人都吓了一跳——正平奋力投出的5寸长钉一下子叉中了贞治蹬车的脚踝！

"啊！"只听贞治一声惨叫，几乎同时，自行车也发出"轰隆"一声巨响倒在了地上。这意想不到的一幕让正平吓破了胆。贞治忙用手指摁住了伤口，可是，鲜红的血液从指缝间不断渗出。正平一看到血，马上就吓得脸色惨白，捡起掉落在一旁的长钉，也无暇顾及后果，便发了疯似的逃离了现场，身后只留下贞治一个人凄惨的哭声……

此刻的正平头昏脑涨，脑子里就像灌满了糨糊一样，他不断在心里念叨着："完了，完了，我闯祸了！我闯了大祸了！"现在他只知道跑，跑过了两三条街，又接着跑了四五条街，最后跑得实在是上气不接下气，只好停了下来。正平感觉嘴里干得直冒烟，而且好像不管怎么使劲吸气，空气都吸不进胸膛里似的。

正平此刻才终于冷静下来："也不知道贞治后来怎么样了。我真不该逃跑啊！"

但他转念又想："现在贞治肯定拖着鲜血淋漓的腿，一边哭一边回家，然后跟他家里人告我的状吧？他肯定不说他自己干的好事，光说我不对吧？"

要真是这样，那接下来会发生什么，正平猜也能猜

夜半流浪

到。正平的爸爸非常固执，正平很怕他。发生了这样的事，爸爸肯定在家里气得大吼大叫了。"我爸爸可是火暴脾气啊！"正平心想。

　　说起爸爸的脾气，正平马上联想到今年春天发生的一件事。那天也是倒霉得很，美代子一家刚搬来新家，正平放吹箭①不小心射中了她，正平爸爸气得火冒三丈，把他赶出了家门。多亏了美代子的妈妈过来替正平求情："美代子也是多管闲事，她也有不对。"这样爸爸还稍微消了一些气。但即便是这样，爸爸那次还是发了那么大的火。"今天的事都不知道爸爸会气成什么样。"想到这里，正平就吓得浑身发抖，"爸爸肯定又要狠狠揍我一顿，然后把我赶出家门。贞治这个家伙，肯定只说我不对，净说我的坏话！"

　　想到这，正平又忽然觉得自己就这么"一跑了之"也太吃亏了！他应该在贞治的爸爸大吼着来自己家告状之前就先回家，至少要先跟妈妈解释清楚："是贞治出的馊主意，而且在这之前我绝对没想要弄伤他！"要是这些情况让妈妈知道就好了。现在这个时候，贞治的爸爸或许还没找到自己家来呢。

---

① 吹箭，长木筒或竹筒里插着带羽毛的小箭，用嘴吹飞。吹管越长，在同样的吹气压力下，吹箭飞得越远。被用作武器和射鸟兽的工具。后来，也作为射击娱乐用具。原是亚马孙河流域及中南美洲热带雨林地区美洲原住民最常使用的狩猎工具。此举容易伤人，请勿模仿。

于是正平又赶忙朝自己家的方向快步走回去。但当他走到自己家熟悉的竹林前,双脚却不受控制地停住了。正平犹豫了起来:"我该怎么跟妈妈说呢?"

其实不只是正平家,在这一带,没有一家的妈妈能心平气和地听孩子说话。这可能也是因为大家家里的活都太多了。所以每当正平稍微想跟妈妈说点话,妈妈却总是会很不耐烦地对他说:"我现在这么忙,你还在这慢腾腾地说些什么呢?有这抱怨的工夫,快给我打扫庭场①去!"妈妈边说边开始四处走动,根本一刻都不得闲。

"现在这黄昏时分是一天里最忙的时候了,我该怎么跟妈妈张口呢?"正平一向嘴笨,一想到这,他的心情就变得愈发沉重起来。

正平望向了自家的农田,田里已经一个人影都看不到了——看来爸爸也已经回家了。一想到爸爸,哎,爸爸……他真是动不动就会勃然大怒,每当正平稍微想要解释一下,他就会马上大喊:"你这小子竟然还敢顶嘴,给我从家里滚出去!"不过,也不单单是正平的爸爸这么暴躁,这附近晚上的时候经常会有两三个孩子被赶出家门,在外面到处乱转。

上次正平被爸爸从家里赶出来时还是在春天,再加上

---

① 庭场,进行农家作业或整理收获物的房间。

美代子的妈妈过来求情，最后他总算能进家门了。但现在已经是十二月了，即使外面没有那么冷，要是一直在野地里待到半夜，那得多难熬啊！

"我要是又被爸爸赶出了家门，那可怎么办呐？"正平想到这就不由自主地停住了脚步。旁边是村长家长长的罗汉松树篱，黄昏的阳光正淡淡地、柔柔地洒在上面，很是美好，而可怜的正平却愁眉苦脸，靠在树篱上一筹莫展。

正平继续飞快地转动脑筋，思考着对策："要是我把谁请来帮我求情，爸爸可能也就不会那么生气了吧？要不我就去美代子家，求她妈妈陪我一起回家吧？或者我还是去新开垦的农田那，请伯伯来帮我跟爸爸认错呢？"

正平始终犹豫不决，一直呆呆地靠在树篱上。这时候，附近的光线渐渐暗了下来，各家各户的窗子里也都亮起了灯光。

正平一脸惆怅："啊！家家户户都要开始吃晚饭了啊！"这个时候他才突然听到自己的肚子已经咕咕叫了，这让正平更加难过了："恐怕现在还没吃晚饭的就只剩我一个人了吧……"

冬天的夕阳跑得比正平还快，没多久，周围一下子就黑了下来。可是天色越黑正平就越难回家，因为他觉得："现在这个时候，贞治那小子肯定已经闯进我家了！这么一来,顽固可怕的爸爸一定会说:'就是正平这小子干了坏事之后跑了是吧!'然后也不听我解释,就坚持认为全是我的不对,又对我像打雷一样发火。"

"唉,早知道我刚才早点回家就好了!"正平还在心中纠结来纠结去,他呆呆地站在原地不知如何是好。这时,身后的黑暗中传来了"吧嗒、吧嗒"的脚步声,等正平发觉的时候,这脚步声已经走到他身边停下来了。只听见,有人在黑暗中问道:"谁在那边?"

正平被吓了一跳,但马上从声音认出来这是总在这一带游荡的芳夫。芳夫的爷爷对他特别严厉,或者说刻薄,总是一次又一次把他赶出家门。渐渐地,芳夫也就破罐子破摔,开始不回家了,最后彻底成了一个流浪的野孩子。正平从来都不会靠近芳夫,因为他知道——跟芳夫打交道,准不会有好下场。所以他并没有回答。芳夫见前面没出声,就走得更近了,等他看清了脸,就在昏暗中拿腔拿调地调侃道:"哎哟,这不是正平吗?正平,你在这干吗呢?"

正平还是一声不吭。芳夫仿佛看穿了他的心思一般,冷笑着说:"我问你在这干什么呢?你不说我也知道,你是回不了家了吧?"芳夫的话里分明透出了"你是被赶出家门"的肯定语气。接着,芳夫话锋一转:"一直站在这可是很冷的啊!你跟我一起回我住的地方吧。来吧,正平!我前天发现了一个特别好的地方呢！"

　　但是，正平依旧沉默着……因为他不想被芳夫这种坏小子当成伙伴，也因为芳夫一口咬定自己是"被赶出家门"而非常恼火。要是被人看到自己和芳夫在这么黑的地方嘀嘀咕咕，自己也会被别人当成小混混的。

　　"我要回家了！"正平一脸嫌弃地离开了树篱，还强调道，"我要回家吃饭了！"芳夫却马上戳穿了他："回家？你回得了家吗？刚才你爸爸可是火冒三丈！他还大声喊着：'等他回来之后，我非打死他不可！'"其实芳夫是骗他的，芳夫什么都不知道，他只是今晚好不容易碰到了一个小伙伴，不想轻易放他走而已。就算是一向习惯了独来独往的芳夫，一个人待久了也会感到寂寞与孤独。

　　"等到月亮从西边升起还要很久呢，风又冷，夜又长……"芳夫天生察言观色的能力很强，于是他随口就编出了这样的瞎话。这话对于此刻的正平来说，就像尖利的刀子一般"刺啦"一声狠狠地刺进了他的心窝——这太像是他爸爸能说出来的话了！

　　正平又沉默了，他低着头，停在原地一动不动。芳夫看到他这样，心里一阵窃喜，又换成温柔和善的语气对他说："来吧，今晚就去我住的地方吧！等到明天，你爸爸的气也就消了。而且，别人给了我很多红薯，我们可以一起烤着吃呢！"

正平心里清楚得很，那些红薯绝对不可能是别人给他的。虽然正平心里想着："哼！我才不要吃你偷来的红薯呢！"但他没敢说出口。而且他心里始终还有另一层顾虑："我要是去了芳夫待的地方，爸爸会更生气，那我可就更回不了家了！"想来想去，正平既没说不去，也没说去，不管三七二十一，就直接迈开了脚步。芳夫却自认为正平是决定跟着自己来了，跟他并肩走了起来，还安慰正平："对啊，去我那吃热乎乎的红薯吧！我住的地方可一点都不冷。里面还有好多稻草和席子呢。而且风一点都刮不进来！被家里人赶出来也没事的！"

二

去往河边的路上有一片松林，里面有战争年代挖出来的防空洞，芳夫的小窝就在防空洞的后面。小窝的入口已经塌了，还长满了杂草。这种杂草丛生的地方，根本都无处落脚。正平感到有点毛骨悚然，怯生生地远远望着。芳夫用手拨开了杂草，一边毫不在乎地钻了进去，一边回头对他说："傻站着干什么，进来啊！"

"真是进退两难啊！"正平无奈，只好战战兢兢地跟在后面，钻进了这个恐怖的"黑洞"。

夜半流浪

　　正平进去之后发现洞里面比他预想的要大得多，站起来也不会碰到头。而且也没有想象中那么黑暗，不知从哪里隐约透进来一丝光线，可能是刚刚升起的月光从塌陷的洞顶土缝里漏进来了吧。

　　进来之后，芳夫一脸得意地对正平说："怎么样？这地方很棒吧？这可是士兵们造出来的，所以用的材料非常好！我是从前天开始住到这里的。要是早发现了这里，我就不用去海边那个小破屋里受冻啦！"他一边说笑着，一边嚓的一下划了根火柴，把旁边的蜡烛点亮。防空洞里一下子亮堂了起来。

　　正平仔细打量起四周来。虽说是士兵们挖的，但是不管用了多好的材料，毕竟已经过了好多年了，现在不管是支撑洞穴的柱子，还是天井，全都已经开始腐烂了，感觉轻轻一碰就要往下落土似的。四周的墙壁上密密麻麻地布满了蘑菇一般大小的发霉印子，这也让本就阴暗潮湿的地洞，越发显得恐怖。在更深处的地上，放着五六张席子，还有两三捆稻草，那里应该就是芳夫睡觉的地方了吧？正平忍不住在心里发问："住在这种地方，他都不想回家吗？"

　　芳夫的家在村子里靠西的地方，现在家里还有爷爷、奶奶和一个九岁的弟弟。他的爸爸去参军打仗好多年都没音信，等到战争刚刚结束，却从远方传来了他战死的公报。

后来，芳夫的妈妈就在去年这个时候，带着芳夫最小的妹妹改嫁到了别处。听说那段时间里他家前前后后还发生了很多乱糟糟的事，芳夫也是在那之后开始变坏的。有人说是因为他爷爷对他太严苛了，也有人说是因为他奶奶太纵容他了。

总之，就像之前说的那样，芳夫总是被他爷爷责骂，总是一次又一次地被爷爷轰出家门。渐渐地，他觉得外面的世界更好。到了最后，芳夫除了背着爷爷偷偷从家里拿点东西之外，就再也不回家了。

完完全全在外面讨生活，那可是需要很多钱的。听说芳夫近来不仅悄悄去爷爷家偷东西，还会瞅准了弟弟上学的时间埋伏在路边，抢走弟弟带的午饭，白天就吃这个饭。但是芳夫也很有原则，他从不偷别人家的东西。再加上晚上也有地方住，所以倒也没有人去跟警察告他的状。只有一次，他在一个空房子里点火，附近的人觉得太危险，就把他给赶走了，仅此而已。

正平以前也听别人说起过，在山那边的农家，战争年代人们为了躲避空袭而特意疏散到空旷处，暂时搭建了一个仓房，现在那些人都已经返回原来的住处了，于是那个仓房就被废弃了。芳夫有一次被人发现睡在那个空仓房里，后来被人们拉出来给赶走了。自那之后，大家就很少见到

夜半流浪

芳夫的身影了。正平还以为天气变冷了,芳夫也回自己家了呢。到这一刻,正平才知道芳夫居然没有回家,而是一直住在河边的晒网小屋里!

此刻,正平仍旧直挺挺地站在那里一声不吭。芳夫好像才注意到似的,随手把一张草席放在了地上,然后对他说:"喂,你坐在这上面吧。"接着,芳夫动作熟练地把捡来的枯树叶和树枝"嘎巴嘎巴"折断。在他们的面前,有一个土坑,看痕迹以前这里也生过火。芳夫手脚麻利地把这些树枝放在土坑里交叉搭好,在上面点起火来。

坑里的火"噼里啪啦"地燃烧。"这也太危险了!"正平有些担心,"他难道就没想过,这洞里万一着火了可怎么办?"芳夫不慌不忙地从怀里掏出了四五个红薯,连上面的泥都没洗就直接扔进了坑里。过了一会,等到火快烧到红薯的时候,芳夫把土盖到了红薯上,又在上面加盖上了一层席子,他转过头对正平说:"再稍微等一下就好啦,这是'干蒸①'。"

之前因为火光看不到烟,等到火焰熄灭了,洞里变得烟雾缭绕。胆小的正平又想着:"就算没失火,我们会不会因为窒息而死啊?"

这炽热的柴火燃烧了好一阵子,周围也变得暖和了很

---

① 干蒸,即烘烤,将食材放进密闭的容器中隔火烘烤。

多。芳夫仿佛在讨好正平一样，一遍遍地重复："再稍等一下，马上就做好啦！"过了一会，他又问："你为什么被家里赶出来啊？"

"我没被赶出来！"正平马上顶了回去，从刚才开始他就一直很介意这句话，正平声音弱弱的，"我只是不回去而已。"芳夫又问："为什么啊？"正平明显声音更低了："不为什么……"于是芳夫便笑了："不为什么还不回家，那还不是被赶出来了嘛！"正平这时候早已饥肠辘辘，他懒得跟芳夫争辩，也就不再吭声。

终于，芳夫开始挖坑里的土，把冒着热气的大红薯刨出来。看起来很烫，芳夫的两个手不断来回倒腾着，然后递给了正平一个。正平嘴里的口水都快流出来了，接过来后，他马上擦掉了上面的灰，揪了一块放进了嘴里。芳夫一边得意地问："怎么样？好吃吧？"一边自己也盘起腿开始吃了起来。

芳夫一边吃一边不忘尽地主之谊："我总是这么烤着吃。还有三个呢，你多吃点！"

然后空气便陷入了沉寂，两个人只顾埋头吃红薯，一直吃了很久。填饱肚子之后，正平马上就又想起家人来："也不知道家里人现在都在干什么？天都这么黑了，我还不回家，估计爸爸这次真的生气了，不知道他们是关上了

夜半流浪

门不让我回家，还是正在四处找我呢？"正平又不禁想起了另一个同学小丰的故事，小丰的爸爸已经过世了，那次是什么时候正平也记不得了，只记得小丰的妈妈不知什么原因生气地把小丰关在了门外，后来发现小丰不见了非常担心，走了很多路、去了很多地方找他，一直找到了半夜。

正平心想："我妈妈这个时候应该也在挨家挨户地打听我的消息吧？"正平的眼前一下子浮现出妈妈背着婴儿、心急火燎地到处寻找自己的身影，心头一酸，难过起来。但是，芳夫这么好心地分给自己烤红薯吃，也不能吃完就拍拍屁股马上走了啊。正平也很担心，就算现在回了家，爸爸也不会让他进家门。

正平的心中思绪万千，因此一直绷着脸不说话。芳夫似乎偷偷看了他一眼，对他说："你想什么呢？要是困了，你就睡吧！我再给你一张席子！"正平点了点头："嗯。"芳夫又劝他："你多想也没用啊！等明天早上，你爸爸出去干活了你再回去更好！好啦，睡吧睡吧！我也睡了。"

因为是在地下，正平感觉防空洞冰凉的潮气透过了席子，一直渗进了他的屁股里。他心想：哪怕身下铺着两张席子，要在这过一整夜，恐怕全身也都要凉透了吧？

他忍不住问芳夫："你昨晚也在这睡的吗？"芳夫却奇怪地看着他："是啊，怎么了？"

"没,没怎么。"正平本来想问他:"你在这能睡好吗?"但他考虑到芳夫的心情想想还是算了,没有说出口,换了个话题:"对了,你为什么不回家啊?"

芳夫说:"我回家也没意思!我爸爸已经死了,妈妈也不在家里了。而且,我爷爷说:'等你下次回来,我就把你送到感化院①去!'我才不想去什么感化院呢!"芳夫说着,怄气似的背对着正平躺了下来。他瘦削的肩膀此刻看起来非常孤单,非常可怜,只剩他的声音还在故作坚强:"正平你也睡吧!就算你现在回去,肯定也会被暴打一顿的!"

"嗯。"正平嘴上应着,用双手抱着膝盖靠在了墙壁上。说是墙壁,其实就是一张薄薄的板子,还多半都烂了,上面还缠满了青白色的草根,正平都能感觉到土的湿凉气透过板子传到了后背上。

"与其睡在这种地方,倒不如去外面睡更好呢。比如什么放东西的地方。说到放东西的地方,我家的仓房倒更好。对!那我就回家看看情况,偷偷溜进家里,然后钻到仓房的稻草里面藏起来!我要是躲在那里面,肯定没有人能发现我!哎?我怎么早没想到这个主意呢?"正平在心

---

① 感化院,在日本,为了保护、教化不良少年而设立的公立机构。开始也称为"教护院",现在改称为"儿童自立支援设施"。

里鼓捣着。

终于，他下定了决心，偷偷瞄了一眼芳夫——看起来芳夫已经睡着了，发出轻微而均匀的呼吸声。但是，正平的腿早就被刺骨的寒冷给冻僵了，他一站起来就趔趄了一下，差点摔在芳夫身上。这时，本以为睡着了的芳夫却突然大声说："你，是要回家吗？"

"不，我……我要小便！"正平被他这严肃的质问吓了一跳，不敢说要回去，只能撒了个谎。没想到芳夫忽的一下子爬了起来，回答道："那，我也去小便！"便先出了防空洞。他的举动很明显——无论如何也不想让正平回家！

其实正平也不是不理解芳夫孤单的心情，但是，他同样也不喜欢被芳夫监视着不能回家。

洞外的上空是刚刚升起的明月，四周像披上了一层银衣，柔柔的，淡淡的。明明芳夫先小便完了，但他还是不肯回洞里，偏偏站在正平身后，仰望着天空制造话题："今晚的月亮可真美啊！今天是农历的什么日子啊？快看那月亮！"

过了一会，月亮钻到了一朵云的后面，周围又一下子黑了下来。就在月亮被遮住的同时，周围好像起风了，漆黑的松林里回响着一阵接一阵"簌簌"声。之前并没听到什么海浪声,这时万籁俱寂,巨大的海浪声混着松枝摇曳声,发出了一声声巨响。正平一下子特别想家,他把顾虑芳夫心情什么的全都抛在了脑后,正平再也忍不住了,大声说:"我要回家!"

正平本以为芳夫会拦住自己,没想到芳夫一瞬间变了脸,他发起火来,一下子把正平狠狠地撞出去很远,大喊:"回吧!回吧!你要是想回就回去吧!你快回去吧!我不拦你!"

芳夫尖着嗓子,声音里带着哭腔,但嘴里却还在逞强:"要是你下次再被赶出来,我再也不会收留你了!"

正平呆呆地看着芳夫的脸——他气得脸都变形了。正平不知所措,感觉有许多话有许多情绪一下子涌到了胸口,但他又不知道怎么说才好……正平沉默着背过身去,机械地迈开脚,往前走去。当正平走到松林的尽头,刚要走上大路时,他回过了头,看到芳夫黢黑的单薄身影还孤零零地站在原地……

正平急忙飞快地跑了回去。这次他终于把刚才堵在胸口的话一股脑地说了出来:"芳夫,你跟我一起回家吧!我家的仓房里有很多稻草。来吧!今晚我们一起在那睡吧!走吧!我们一起走!我……我不想把你一个人留在这里!"

芳夫没有回答他，似乎在对着空气呢喃自语："我……我也去铫子①找妈妈吧？可是……我要是去了，妈妈会很为难吧？而且，我也没有车票钱……"正平听得一清二楚。在皎洁的月光下，正平清楚地看到，芳夫的脸被涟涟的泪水打湿，模糊成一片……

三

正平无论如何也做不到一个人回去，于是，他一鼓作气硬拉着芳夫回自己的家。但是，随着离家越来越近，正平的心里也越来越害怕。他这会子已经平静了下来——"就连我自己一个人回家都一定会被骂一顿，要是爸爸见着芳夫大喊：'你居然还把芳夫给带回家！'那我该怎么回答啊？我这次估计是真的要被赶出家门了！"

但是，正平实在不能把芳夫一个人抛下不管，所以也没有办法了。

两个人悄悄走近正平家门口，他们本来想："都已经这么晚了，肯定没有人还醒着吧？"但是他们却看到房子的门被稍微打开了一道缝，里面露出了一缕若有若无的微弱灯光。

正平心中窃喜："原来没把我关在外面啊！"这时他对

---

① 铫子市，位于日本关东千叶县东端、利根川河口南岸的海港城市，渔业、酱油酿造业发达。

家人浓浓的思念早已超过了原来的恐惧。正平又想:"要是只有妈妈醒着,我应该可以让她偷偷放我进去吧……但是,妈妈会让芳夫也进去吗?哎,要是这样的话,我们还是去仓房吧!"于是他又蹑手蹑脚地绕过房子。本来正平其实很熟悉家里的院子,但是没想到他却不知被什么绊了一下,发出了声响。虽然声音很小,但里面的人似乎还是被吓了一跳,马上有人大喊:"谁?"这是正平爸爸喑哑的声音。两个人马上缩着身子,一动都不敢动。

这时他们又听到他说:"可能是小正!"同时,门打开了,一个声音惊喜地说:"啊!真的是小正!你这个混蛋!你跑到哪里去玩到了现在?你知道现在几点了吗?你让全家人多担心啊!"

听到这怒吼声,正平的眼里却一下子涌上了一股热流。这声音本来他应该很害怕的,但不知为什么,他今晚听到却感到如此亲切!正平忍不住抽泣了起来。"你这浑小子!别在那磨蹭了,赶快进屋!傻瓜。饭也不吃,去哪溜达到现在?真是气死人了!"爸爸扔下这句话,似乎认为正平肯定会跟进来,就先退回了屋里。

四

原来正平的担心是多余的。其实贞治根本就没来自己家里告状。后来正平听家里人说,那天他们并不知道他为什么不回家,急得四处打听了很久。

美代子的哥哥听说后也很担心,一直没有睡觉,听到动静后来了正平家,他笑着对正平爸爸说:"正平爸爸,要怪就怪你平常总是那么严厉地训他!您以后可不能再把孩子赶出门啦!孩子们会这么想:'与其被家长暴打,被家长赶出去,倒不如自己先离家出走,这样还免去了一顿毒打,反而更好呢。现在是冬天,外面太冷了,要是夏天的话,在海边露营倒是也不错。'而且,一旦让他们养成了这个坏习惯,他们以后可就不回家了。芳夫,你就是这么个'坏榜样'啊!"

正平本以为现在已经是半夜了,但其实才晚上九点钟。爸爸还对正平说:"小正,爸爸也陪你一起去道歉,明天我们就去贞治家看望他!真是对不起他啊,我们一起去看看他受伤严重不严重。"

虽然正平听了心里还是很不服气,但是爸爸看起来并没有生气,这点小小的"不服气"也就可以忍耐一下啦。

美代子的哥哥还说,他明天会去芳夫的爷爷那,跟他好好聊聊芳夫的事情,绝对不会让芳夫再变成一个野小孩了!

幸福的小姑妈

菁子时隔多年再次见到小姑妈,是在今年春天奶奶得了重病的时候。奶奶平常都很顾忌家里人,在家人面前总是闭口不谈小姑妈,只是偶尔对还是个孩子的菁子提到小姑妈的事。可能是因为生病的缘故,这次奶奶再也忍耐不住了,她终于对菁子的妈妈说了出来:"我真的好想见烂子啊!"但妈妈却很为难地回答说:"但是她到底在哪里啊?我们一点都不知道她的住址啊。"估计妈妈是想这么一说,就能让奶奶断了这个念想吧。但没想到奶奶也不知是什么时候,从谁那里,早就打听出了小姑妈的住址。

妈妈带着有些佩服的神情,笑着对菁子说:"这世上真是没有比父母更值得感激的人了啊!奶奶一直都跟大家一样,嘴上说着:'那种鲁莽的人,我再也不想见到她了!'却瞒着所有人,偷偷地把打听来的住址小心地写在了纸条上,一直带在身上呢。"

即便是这样,听说关于到底让不让小姑妈进家门,菁子爸爸的大妹妹昌子姑妈、二妹妹辉子姑妈等全都聚在一起讨论了很久。终于在过了两三天之后,大家说:"那就看在母亲的面子上……"勉勉强强地给小姑妈寄去了一封信。

当小姑妈时隔多年再次站在大家面前的时候,其他的姑妈们和菁子的妈妈面面相觑,她们都皱起了漂亮的眉毛,议论道:"不管怎么说,当着女佣们的面,居然还穿得这么寒碜进出家门,可真不像话!"

看来在姑妈们和妈妈的眼中,小姑妈寒酸得都给家人丢脸了,至于她们为什么这么想,菁子倒并不在意。因为更让她觉得不可思议的是:跟其他姑妈们的衣着比起来,小姑妈穿的铭仙绸[①]夹服[②]看来已经被反复浆洗了不知多少次,博多腰带[③]的表面也被磨得起毛了,这一身确实是又旧又寒酸,甚至都让人觉得可怜。但小姑妈却丝毫不会因此看起来比别人穷,比别人低贱。

"妈妈她们就光盯着衣服讨论,这怎么行?为什么她

[①] 铭仙绸,用粗丝、纺织丝线等织成的丝绸,有条纹图案、碎花布图案等。由于结实又便宜,被大量用于制作日常服饰以及坐垫、被褥等。
[②] 夹服,里面带一层里子的和服,一般夏天穿。
[③] 博多腰带,博多地区织造的丝织物。经纱中穿紧细熟丝,纬纱中打紧粗丝的硬织物。多为金刚杵、花菱浮纹相连的条纹图案。除制作单层腰带外,还可制作和服裙裤、包等。

幸福的小姑妈

们不想好好看一下小姑妈整个人呢？"菁子觉得小姑妈很可怜，"你们要是那么介意小姑妈的穿着，为什么不把收在后面服装房里、小姑妈以前的那些和服拿出来让她穿呢？"她一点都搞不懂大人们的想法。

小姑妈曾经衣着光鲜亮丽的样子，菁子就好像是在遥远的梦里见过一般，现在已经变得非常模糊了。而且，她还记得那天，小姑妈嫁去的婆家把她的很多衣服都退回到了娘家。小姑妈是家中五兄妹里最小的孩子，菁子的爸爸是家中的长子，小姑妈和菁子爸爸的年龄差了很多，她在二十一岁的那年，嫁到了相当有名的实业家的家里。

那个菁子曾称为姑父的人，从K大学的理财学[①]专业毕业后，马上就在他父亲经营的公司里担任了要职，那可真是一个从小到大都没吃过苦的人。尽管他多少也有一些不通人情世故和任性的地方，但听说他是非常宠爱小姑妈的，把她当成洋娃娃一样"供"在家里呵护。但不知为何，小姑妈沉浸在人人艳羡的"幸福"之中，却日益消瘦和消沉下去，变成了一个郁郁寡欢、沉默不语的人。

没有一个人了解到小姑妈的内心其实满怀着深深的忧伤，也可能是因为本来小姑妈的性格，她也不是什么事都爱跟别人抱怨。那时候不管是谁，看到小姑妈日渐憔悴的

[①] 理财学，经济学的旧称。

脸色，不但不担心，反而还聚在一起议论着"一定是怀了宝宝了"来戏弄她，还以此为乐。但是小姑妈根本别说生小孩了，就在嫁过去的第三年的年末，她孤身一个人偷偷从姑父家逃了出来，跑到了现在这个姑父的家里。

那时菁子还只有十三岁，她完全不明白小姑妈为什么能下那么大的决心这么做。但是这件事发生后，她听到自己的爸爸和妈妈讨论说："她真是太轻率了！我们家以后可没脸见人了！"他们都非常生气。

即使菁子家的家世没有之前那个姑父家那么显赫，但因为两个家族都在社会上很有名望，所以这件事还登上了报纸，沦为了大家茶余饭后的谈资。可能正因为这样，小姑妈被父母、兄弟姐妹们所抛弃，从大家的视野中消失了。直到现在，时间已经过去了三年。

在家里，仿佛提到小姑妈的名字就会损害到家族的声誉一样，家里所有人都对此讳莫如深。只有奶奶偶尔会对菁子带点抱怨地聊到小姑妈。每次菁子把奶奶说的这些抱怨讲给妈妈听时，妈妈一定会一边叹息，一边嘟囔："是啊。她这么做真是太可惜了！怎么会抛弃那么出色的丈夫，却跑去跟一个穷困潦倒的书生在一起啊……"

那位叫作谨一的叔叔，已经不再是菁子的姑父了。因此，当听说他后来又迎娶了别人家的姑娘做新娘时，菁子

幸福的小姑妈

不禁觉得很失望，总感觉就是因为小姑妈才造成了这么无法挽回的结局。

但是三年没见的小姑妈，似乎根本不需要菁子替她操心一样，跟以前比完全是变了一个人。她容光焕发，尽管从她的衣着可以看出她现在的生活很拮据，但小姑妈却完全不在乎似的。小姑妈站在大家面前，大家感觉不到她有一丝一毫的自卑，但这样反而深深地刺伤了其他姑妈的自尊心。

她们纷纷低声议论着。昌子姑妈愤愤地骂道："真是不知羞耻！"妈妈帮着小姑妈说好话："但是，你们想想她以前，再看看她现在多可怜啊。以前她回家可是必须得高傲地坐在小汽车里一直开到玄关呢。现在呢？就因为她自作自受，她只能自己背着婴儿，连父母的面都见不上。"可昌子姑妈还是不依不饶地说："正因为是这样，才更是不知羞耻呢！""她既不觉得后悔，也不觉得丢人。她啊，只是过意不去让妈妈担心了而已。"辉子姑妈也插嘴说，"她还真是嘴硬啊！从她嘴里可说不出'后悔'这两个字。"

不过小姑妈并没有一直碍着大家的眼。也不知道她有没有听到大家议论她的那些话。等到奶奶的病情稍微有些好转，不知不觉间小姑妈已经不来家里了，现在更是像以前一样彻底地销声匿迹，再也看不到她的身影了。

马上暑假就要到了,这是七月末的一天,菁子给分开住的奶奶带去了一些点心。她注意到在房间的一角里放了一个姜黄色的包袱,于是就问奶奶:"奶奶,这是什么啊?"然后菁子不经意地就伸出手去,这时奶奶好像一惊,赶忙想要抢过来,但随即又壮起了胆子似的松开了手。不知为何,奶奶一本正经地坐了回去,然后用试探的目光看着菁子说:"小菁,有件事奶奶想要恳请你帮忙啊!"

菁子心想:"奶奶怎么突然间变得这么严肃,她要说什么啊?"她甚至都觉得有点害怕,什么都不敢说,怯怯地看着奶奶。

"我想拜托你送些东西到烂子家……"奶奶似乎觉得既然已经被发现了,那也没办法掩盖了,她打开了包袱,只见里面装了一件明石绸①的凉爽的崭新单层和服,一条有扇状花纹的绫罗素花缎②腰带,还有一件浅肉色的贴身长衬衫。

奶奶低着头闷闷不乐地说:"我想烂子最近一直都不来,一定是因为她没有衣服穿了。都是昌子和辉子总是叨咕个不停。虽然我也觉得自己这么做很对不起你妈妈,但你千万不要告诉别人,说奶奶偷偷准备了这个啊。真是对

---

① 明石绸,经纱用生丝、纬纱用强捻熟丝织出的缩绉的夏季用的丝绸。
② 素花缎,在缎子编织中使用了两种以上颜色的横线,编织纹样质地厚重的绢织物。用于制作和服带子、钱包、袈裟等。

幸福的小姑妈

不住你啊,你能找个机会帮我把这个给她捎过去吗?然后也帮我看看,她现在到底过得怎么样?"

菁子并不傻,她猜想奶奶其实之前并没打算把这个重任委托给自己吧,所以觉得有些奇怪。但她看着顾虑重重的奶奶,又不禁觉得她很可怜,于是就爽快地答应了,说:"嗯,好的。我现在就去吧!那,我这就去跟妈妈打个招呼说要出门。"菁子边说边要站起来,这时奶奶赶紧慌张地按住了菁子的膝盖,说:"奶奶拜托你了!你先别告诉你妈妈啊。如果让秀子知道我偷偷准备了这个,肯定会不开心的……"奶奶就像做了多见不得人的坏事一样,满脸自责地说道。

菁子看了忍不住笑出声来,安慰奶奶道:"奶奶,没事的!我不是要跟妈妈说这个,我只是去跟妈妈打招呼说我要出去一下而已。""那就好……"但是,奶奶还是放心不下,继续小声叮嘱说,"我会找个合适的时机跟你妈妈说的。但在这之前,请你无论如何,就算是不喜欢也一定要保密啊!对昌子和辉子也是一样啊!"

"嗯,您就放心吧,奶奶。"听着奶奶近乎哀求的话,菁子甚至同情起了奶奶,向她投去抚慰的目光,温柔地答道。

菁子坐在电车上,一路摇摇晃晃地从麦町①坐到了遥远的本所②。下车之后,她四处寻找,好不容易才找到了和小姑妈同样门牌号的地方,那一块地方全是肮脏的长屋。夏天的太阳已经快落山了,成群的蚊子在窄窄的小路半空中嗡嗡作响,震耳欲聋。

"啊!每一家看起来都一样,不知道该去哪一家啊。"菁子站在一大排长屋前不知所措,正巧又赶上了晚饭的时间,人们全都钻进了小房子里,外面连个能问路的路人都没有。菁子心想:"要不要进哪家去问一下啊?"但是,菁子从来都没有踏进过这样的地方,她一看到还有人光着身子在吃饭,就吓得连打招呼的勇气都没有了。

"怎么办啊?天也越来越黑了。"她一边想着,一边加快了脚步,朝小路的更深处走去。这时,一男一女的欢笑声交织在一起,从一间房子里传了出来。那笑声是如此的开心和爽朗,让人听了就忍不住想回头看看到底发生了什么开心事。而且,也让人难以置信:从这么肮脏简陋的长屋里也会传出这样愉快的欢声笑语吗?菁子的脚似乎不受控制地就被那笑声牵引着,停在了那户人家的门口。尽管门上挂着破旧的竹帘子,但因为家里已经点上了灯,所

---

① 麦町,位于东京千代田区,原东京市35区之一。
② 本所,位于东京墨田区,原东京市35区之一。

幸福的小姑妈

以菁子从外面能清清楚楚地看到里面，于是她无意间瞥了一眼坐在灯下抱着孩子的女人，不由得大惊："啊！是小姑妈！"

坐在小姑妈对面的应该就是姑父了吧？虽然只能看到姑父的背影，看不到他的正脸，但单看他健壮的肩膀和被晒得黝黑的脖颈，就能想象出他那张神采奕奕的脸。姑父不时伸出粗壮的手臂，用筷子夹起饭桌上的貌似鱼啊什么的菜，宠溺地喂到坐在小姑妈膝盖上的孩子口中，这时，三口人又洋溢起了一阵热闹的欢笑声。

菁子心想："他们的生活可真幸福啊！"菁子不禁屏住了呼吸，目不转睛地紧盯着这虽然贫苦，但却恩爱和睦的一家人。家里连个像样的家具都没有，夫妻二人都穿着洗得褪了色的和服——这些都让人猜想：两人围坐的餐桌上肯定只有些粗茶淡饭吧？但不知为什么，菁子总觉得这个家里充满了像天堂一样美妙的氛围。菁子久久地望着他们，不由得从心底升腾起一份深深的感动，只觉得眼中一热。"小姑妈一点都没有不幸福！"菁子的内心被深深地触动了，她心想，"小姑妈其实一点都不像人们想的那么不幸。相反，她一定是所有人、所有人当中最幸福的！"

菁子眼前不禁浮现出了另外两个姑妈常去奶奶那抱怨的身影，她还想起了姑妈们对妈妈说的话："我实在是太无聊了，只好去三越百货狠狠地买了一通。"菁子心想："昌子姑妈她们，只要不穿好衣服，就不能填补内心的空虚。相反，小姑妈即使过着这么清苦的生活，却能如此幸福地享受其中，这正是因为她满足于现在的一切，所以也就什么都不需要了。"

菁子这么想着，感觉到有一个与自己一直认知的幸福完全不同的另一个幸福的新世界，唰的一下展开在了她的眼前。

"小姑妈不回家，绝不是因为没有衣服这种原因。那些人只知道盯着衣服议论不停，小姑妈一定是因为不喜欢活在这类人的世界里。她只想活在根本不在乎这种事的世界里，她根本就不觉得那些东西重要，而只想自在随性地活着。"菁子想到这里，才开始有些领悟了小姑妈为什么要选择这样的人生。她想："也正因为如此，即便小姑妈穿得那么简朴，却看不到她露出一丝卑怯的神情。"

"或许小姑妈过的这种生活——只用爱来紧紧连接彼此，不被那些烦琐的形式束缚住的生活，才是最纯粹的吧！"

菁子想到这些，一时不知该如何处置奶奶为小姑妈费尽心思准备的东西了。她感到胸中涌起了对小姑妈夫妻难以抑制的亲近感，却又反而因此没了登门拜访的勇气，只能一直呆呆地站在越来越暗的门口。

美丽的大地

一

大姐姐鲇子是未来的大钢琴家,小姐姐篮子是未来的大诗人,最小的女儿——12岁的杏子未来也要当不输给三浦环①女士的优秀声乐家。

所以姐妹们中只有一个人对未来一点抱负都没有,那就是二姐鸽子,所以她也很自然地就被大家当成异类看待了。特别是每晚吃完晚饭后,最小的杏子总会伴着鲇子姐姐作曲并演奏的钢琴曲,唱诵篮子姐姐创作的诗歌。尽管这个家里因为缺少妈妈而略显冷清,但这姐妹三人却总是这样让家里热热闹闹的,同时也能慰藉辛苦工作了一天的爸爸。但是每当这时,鸽子姐姐只能在一旁默默地聆听,

---

① 三浦环,日本明治、大正、昭和时期的女高音歌唱家,是日本第一位名扬世界的女高音歌唱家。

她看起来是个多么寒碜、多么无趣的人啊!

姐妹三个总会私下聚在一起议论说:"鸽子姐姐可真平凡啊!就这么活着有什么价值啊?每天就是跟着女佣们一起干活过日子,我可受不了!"然后就一齐大笑起来。

确实,鸽子姐姐每天做的工作全都是很无聊的事,她却一点也不抱怨,总是很开心地干着活。真是搞不懂她怎么会这么愚蠢。正因为鸽子姐姐就是这样的一个人,所以有一天爸爸从公司回来后对大家说:"住在乡下的奶奶最近身体不好,也觉得有些寂寞,让鸽子姐姐去照顾奶奶,一直到奶奶养好病怎么样?"三姐妹全都觉得这工作最适合鸽子姐姐了,她们一边觉得好笑,一边异口同声地表示赞同:"是啊,鸽子姐姐正合适!因为就算她待在家里,也没什么重要的事做嘛。她干的那些粗活,女佣德屋也全都能做!"

结果当然是鸽子姐姐"众望所归"地要踏上去信州①的旅程了,那边现在应该都已经下雪了吧。

三姐妹把二姐鸽子送到了上野车站,她们还说:"鸽子姐姐你不用着急回来,爸爸有我们在家陪着,绝不会觉得寂寞的!"不过,还没等车窗里的灯光随着火车开动而走

---

① 日本长野县,古称信州,位于本州岛的中部,境内山脉盘踞,拥有著名的日本阿尔卑斯山系。

远，她们就已经把鸽子姐姐忘了个精光了。篮子姐姐惊呼道："啊！我刚刚想到了一个非常棒的诗题，我现在就要马上回家写下来！"鲇子姐姐也附和道："是啊，那我们今天就先别去银座逛街了，马上回家吧。你创作好诗歌，我在明天之前就谱好曲。这样我们晚上就能唱给爸爸听了。明天杏子放学后也早点回家吧。接下来的一段日子里那个'异类'不在身边，我们就更有兴致了。就算她有她的原因，但家里有一个人不合群，总觉得会破坏我们的好心情呢！"好像被压抑了许久的心情终于得到了舒展一样，鲇子姐姐惬意地朝着天空长长地呼出了一团白雾。

二

第二天杏子和篮子从学校回到家里的时候，鲇子姐姐已经把自己创作的曲子用钢琴演奏出来了。鲇子对篮子说："我自己对这首曲子相当满意，但是我不知道有没有完全抒发出来你这首诗的意境，你来好好听一下，也给我一些批评和建议吧。"三姐妹准备在爸爸回来之前练好这首歌，于是就在一起心无旁骛地排练了起来。现在不管是钢琴还是独唱都已经练习得非常熟练了，三人感觉已经沉醉在这美妙的歌曲中，似乎已经如仙女般在空中翩翩起舞了……

"鲇子小姐，请问今天的晚饭做什么菜啊？"女佣德屋冷不防地从旁边冒了出来,这句话把三姐妹打落回现实。三姐妹全都皱起了眉,说道:"真扫兴!""人家正专心致志地练到兴头上。随便什么都行,你自己看着办就行了嘛!""好的,小姐,但是……"德屋不好意思地扭捏了一阵,终于说出了口,"因为……我……我做不好……""哎呀,做不好也不要紧。你没看到我们现在正忙着吗?随便什么都行,你就去做吧!"

钢琴声再次响了起来。德屋没有办法,只好默默地退回厨房里。不过,当晚的饭菜不仅和以前完全不是一个味道,还比以前晚了两个小时。姐妹们花了很多精力准备的音乐也只能因此延迟到九点后才开始。

篮子姐姐生气地说:"真是笨手笨脚的!就不能早点做好吗?而且一个好吃的菜都没有!"鲇子姐姐安慰篮子说:"算了,别生气。明天我帮她做,肯定就没问题了。"不愧是鲇子,很有大姐的风范。

三

鲇子姐姐原本以为只是帮德屋做晚饭就可以了,没想到从第二天开始,德屋就开始什么事都来找她商量,让她不胜其烦。

"鲇子小姐,老爷要穿西装,我拿哪件好啊?""鲇子小姐，哪件衣服要送到洗衣店啊？""鲇子小姐，来客人了。""来电话了。""公司派人来家里了。""煤气公司来收煤气费了。""还有……还有……"

这样的日子过了四五天，鲇子姐姐已经被彻底烦透了，她恼火地对德屋抱怨道："德屋，你每一天、每一天都这么样样事来问我，那我就什么也干不了了！你知道的事，你就自己做嘛！"然后她又对刚从学校回来的篮子姐姐继续发着牢骚："你多好啊，可以去学校。我可真是受不了了！家里面的事情实在是太多了！"

但是，即使是被鲇子姐姐羡慕的篮子姐姐居然也有她的抱怨：带去学校的便当里什么菜都必须要自己定；衣服上的纽扣掉了，德屋也不帮着缝；桌上的花瓶被打翻了，水流了一地，德屋也视若无睹，只能等到篮子放学回家后自己擦。而且德屋最近看起来也很不高兴，即使别人拜托她什么事，她也爱理不理的……

篮子抱怨道："我总觉得最近家里真是乱七八糟的。就算回到家也根本没办法放松。而且菜还一直那么难吃！"听了这话，鲇子姐姐立刻拉下脸来说："昨晚的蛋包饭可是我做的！"篮子赶忙说："我可一点都没说蛋包饭啊！我说的是这段时间的饭菜一直都不好吃。归根到底就是鸽子姐姐她自己会做，却不好好地教给德屋，这是她的不对！"

总之，当天大家都得出了同一个结论：是鸽子姐姐不对，都是因为她造成的！并以此而告终。不仅仅是那天，从那以后，两个姐姐之间就经常发生争吵，比如谁光是让别人多干活，谁光是玩，等等。

每当听到这样的争吵，其实内心最难过的是杏子。因为就连杏子，心里也有很多不开心的事。但是却没有一个人来安慰她，大家每个人都在自说自话地抱怨自己的事。

杏子坐在桌前发着呆，满怀惆怅地想着："为什么最近家里变得这么没意思了呢？"她回想起了以前：自己从学校一回到家，总是有好吃的点心摆在桌上；自己一边吃一边复习功课，直到全复习完也从来不会有人来中途打断自己……可是现在，自己刚一翻开教材，就传来篮子姐姐叫她的声音："小杏，过一会再复习不也行吗？我现在忙不过来了，你快过来帮帮我！"

只要杏子一过去，篮子姐姐一定还会对她说："我也要去上女子学校，我回家都没复习，一直在帮家里的忙，你就是一个小学生，你读的科目数量都不到我的一半，你根本用不着那么用功地学习！"

杏子刚在这边帮着篮子姐姐的忙，那边又响起了鲇子姐姐的大喊声："啊！面包粉又没啦！小杏，你快去买点回来吧！"其实杏子一点都不讨厌去跑腿，但是鲇子姐姐每次、每次叫她去跑腿都说特别急，必须要跑着快去快回，杏子可真是受不了了。

还有，每次晚饭菜都上得很迟，杏子也只能在晚饭后才能复习和预习。全家人也根本不能再像以前那样，在晚饭后享受放松的天伦之乐了。不仅如此，杏子甚至常常感到困倦，就连一些很简单的算术题，现在都经常会算错……

"要是鸽子姐姐在家的话，大家不知道都能玩得多开心啊！现在家里真的是全乱套了……到底是哪里出了错呢？"杏子感觉心底突然闪现过了一个念头，但她又无法清晰地抓住它，看清它，正在这时，杏子又听到了篮子姐姐大声呼唤她的声音："小杏，你又进房间了吗？这可不行，你快点来帮忙啊！"

四

当晚大家吃好晚饭后，还是习惯性地聚到了一个房间里。爸爸仿佛催促着三姐妹似的说："最近都没有听过大家的音乐，今晚你们就稍微给爸爸表演一下怎么样？"

爸爸又对篮子姐姐说："篮子，你最近应该创作了新诗吧，有没有让大姐帮你谱上曲啊？"但是篮子姐姐却绝望地摇了摇头，说："我刚做完学校的作业，家里有太多家务活要干了。"

爸爸听后又说:"是吗?那以前的诗也行啊,请鲇子来给我们演奏好吗?杏子,爸爸也好久没听到你唱歌了,今天你也唱首歌给爸爸听好不好啊?"

鲇子姐姐听后默默地站了起来,走向了钢琴。篮子姐姐也翻开了曲谱,杏子也跟着两位姐姐站了起来。但总觉得鲇子姐姐的钢琴声没以前那么生动了,听起来无精打采的。鲇子姐姐只是演奏了一连串的前奏,就突然合上了钢琴的盖子。篮子姐姐诧异地问道:"怎么了?"鲇子姐姐说:"我实在是没有兴致,白天各种各样的杂事实在太多了。"鲇子姐姐烦躁地皱起了眉头。

爸爸温柔地安慰道:"要是累了今天就算了吧,喝点热茶,早点休息吧!我看杏子也有点困了呢。"然后便马上按了家里的呼叫按铃,吩咐德屋去泡茶。

热茶虽然被端了上来,但大家仍然一个个萎靡不振地坐在椅子上,没有一个人把茶端起来,也没有一个人兴奋地开口讲话。这要是在十天前,每当美妙高昂的钢琴声在家里回荡了一段时间之后,马上会有清香扑鼻的热茶被端上来,大家稍作休息,就马上又想站起来继续下一首曲子的演奏,家里总是洋溢着这样热烈的氛围。可是现在,同样的家里却充满了说不出的空虚,说不出的寂寞……这种心底发凉的感觉,这种美中不足的感觉,只是因为白天的疲惫吗？应该不仅是因为这个吧？

大家似乎不谋而合地想去寻找这美中不足的源头究竟在哪里，于是环顾了房间一周：同样的桌子、同样的椅子、同样的装饰品……哦，不对，桌上的花朵不再像以前那样生机勃勃地散发芬芳了，装饰品全都一尘不染的日子也一去不复返了……

大家的心头同时浮现出了同一个身影，但似乎大家都不愿承认，也不愿说出来，全都一脸不快地沉默着。这时，德屋拿着一封信走了进来："我差点忘了，傍晚的时候来了一封信。"

"是鸽子寄来的信啊！"鲇子姐姐说着接过了信，又递到了爸爸的手中。爸爸打开了信封，大声地读了起来：

"爸爸，姐妹们，你们最近都还好吗？奶奶的病已经全好了。但是奶奶说自己很寂寞，问我能不能继续陪她待一段时间。那么我可以继续留在这里吗？我想征求下大家的意见。"

鲇子姐姐马上脱口而出："啊？鸽子那么久不回来我可受不了！要是奶奶的病已经好了，鸽子就必须要早点回来啊！"篮子姐姐也说："是啊！要不然我们几个就什么也做不了啊！"

看到她们这样，爸爸有些意味深长地微笑着说："你们不是总说'反正鸽子待在家里，也没什么重要的事做'吗？"

"但是……"鲇子姐姐刚说出口就又闭上了嘴,因为她十天前确实这么说过:"鸽子就是没有重要工作的平凡人。"

但是,大姐也不傻,她听出了爸爸的弦外之音:在这样一个没有妈妈的大家庭里,每一天,每一天的家务活都很多,必须要有一个人满怀着包容和热爱的心来把它们一一处理好。本来,鲇子作为一家之长女,理应接下这个任务。但是鸽子姐姐却代替鲇子姐姐接受了这个任务。假如鸽子姐姐也和其他姐妹一样热衷于钢琴、诗歌和演唱的话,真不敢想象这个家会变成什么样子啊!正是因为鸽子姐姐把所有的家务都包揽在自己身上,还耐心地把家里上上下下所有的事都处理得井井有条,其他的姐妹们才有机会各自沉迷于自己的爱好。换句话说,不管是钢琴、诗歌还是演唱,全都是被鸽子姐姐那颗温暖包容的心滋养出来的美丽花朵。

鲇子万万没有想到,这个家的中心居然是自己一直认为最没有价值的妹妹。能让这个没有妈妈的家庭也充满幸福快乐的,并不是钢琴、诗歌和演唱,而是妹妹代替妈妈给大家带来的无微不至的关怀。一向倔强的鲇子意识到这一点,虽然心里还是觉得很不服气,但她也没愚蠢到要嘴硬到底,于是她发自内心地对爸爸说:"爸爸,我们知道了。我们全都会把鸽子当作这个家里最值得感激的人、最不可

缺少的人、最重要的人，我们全都希望她能回来。行吗？爸爸！这样总行了吧？"

五

今晚，窗外的寒风越发刮得厉害。尽管只隔着一层玻璃门，房间里全家人欢聚一堂，如同三月一般温暖如春。

刚刚结束了开心的晚饭，全家人又像往常一样聚到了那个房间。鸽子姐姐马上给每个人都递上了饭后的热茶。篮子姐姐走到了鸽子姐姐身旁，满怀歉意地对她说："鸽子姐姐，今晚的歌曲是我们送给你的。我们终于赶在今天完成了。题目是《美丽的大地》。人们往往眼中只看得到草木和花朵有多美，却容易忘记培育出它们的大地才是最伟大的。我们三人也是这样，直到现在才知道：我们要感谢让我们的生活如此幸福的鸽子姐姐！"

鸽子姐姐刚要张开嘴，鲇子姐姐却抢先把手指按在了钢琴键上，杏子的歌声也和着琴声响了起来。

鸽子姐姐没有说话，美丽的脸上泛起了红晕，她静静地坐到了爸爸旁边的椅子上，低着头拿起了绣了一半的花绷子。一旁的爸爸久久地凝望着其乐融融的姐妹四人，就像在在欣赏一幅全世界最美的画。

—小竹马童书—
世界少年经典文学书屋